目次

零

おじいちゃんを呼んできて、と母に言われて、ちあきはびっくりした。

（はなれに入っていいの？）

訊《き》き返すと母は、あ、という顔をする。

（そうか、……うん、でも、いいわよ。おじいちゃんも、怒らないと思うわ。ちあきが、何かさわったり、いたずらしたり、しなければね）

（しない！）

ちあきは勢い込んでうなずいた。食堂から居間へ抜けて、窓から直接、庭に出る。沓脱《くつぬぎ》石《いし》に置いてあるサンダルを突っかけて中庭を横切り、はなれに向かって駆けた。

小学校に上がる前だったと思う。

祖父の家は、近所で屋敷と呼ばれるほど家屋が大きいだけではなく、敷地も広い。裏庭には井戸の跡もある。いかにも田舎の旧家らしかった。当時はまだトイレも和式で、台所も古い床が軋《きし》んでいた。それでもちあきは、この家が好きだった。

（おじいちゃん！）

玄関の引き戸をあけて中へ向かって叫ぶと、おお、と中から応《こた》えが返る。

（入っておいで、ちあき）

（いいの？）

（いいよ）

祖父の声は笑っていた。

ちあきは大急ぎでサンダルを脱ぎ捨てて廊下を駆け出そうとしたが、いつも注意されているので慌てて戻り、サンダルを揃えてから深呼吸をする。

このはなれは、いつもは入ってはいけないと言われている。ごくまれに、父や兄と一緒のときにしか入れなかった。それはちあきがまだ子どもで、走り回ったり、何か散らかしたりするからだ、というのが理由だった。

ちあきはそーっと廊下を歩いて、ドキドキしながら扉をあけた。

（おじいちゃん！）

（おお、ちあき）

祖父は窓辺の揺り椅子にかけて、膝《ひざ》に何かを広げていた。

（お母さんが、ごはんできたって！）

（おお、そうか。では、かたづけるか）

祖父はゆっくりと、揺り椅子から立ち上がった。椅子がゆらゆら揺れる。いつもだったら座らせて、とお願いするところだが、それよりちあきは、祖父が手にしているものが気になった。

（おじいちゃん。それなあに）

（これかい）

ふっ、と祖父は笑った。（花札だよ）

（花札……って、なあに？）

（ほら、ごらん。いろんな絵が描いてあるだろう。……本当の花札はもっとあるんだがね、ここにあるのは一部だけなんだ）

祖父は言いながら、持っていた一枚をちあきに渡してくれた。トランプのカードより小さいが、もっと厚くてしっかりしている。

（かわいい！）

ちあきは思わず目を丸くした。太い線の簡略化された絵柄で描かれていたのは、可愛らしいねずみの絵だった。

（ねずみさんだ！）

（ああ、こちらは犬もあるぞ。それと、鳥……羊に、馬に、……）

祖父に渡された花札を、ちあきはまじまじと見た。どれも線の少ない簡素な絵柄だったが、とても可愛らしく描かれていた。

（ねこさんは？　ねこさんはないの？）

（ああ、……干支《えと》の絵柄だそうだから、ないようだな）

それに、と祖父は呟《つぶや》いた。（彼は猫使いだったからなあ……）

（かわいいね。これ、ちょうだい！　ねずみさん、すき！　かわいい！）

ちあきがねだると、祖父は皺《しわ》深い顔に困ったような表情を浮かべた。

（ちあき。それは一枚だけではだめなんだよ……さびしいから……十二枚揃わないと意味がないらしいぞ。それに、私のではないから、あげられないなあ……）

（意味ってなあに？　これ、誰のなの？）

（……千代《ちよ》の、……おまえの大叔母《おば》さんのものだよ）

祖父は微妙に悲しげな顔をした。

千代、という名はもちろん今までにも聞いたことがある。

ちあきの兄は春に生まれたので千春《ちはる》といい、ちあきも、秋に生まれたのでちあきという名になったが、父は「千秋《ちあき》」、母は「千晶《ちあき》」という字にしたがった。

届け出の期日がぎりぎりになるまでどちらにするかで揉《も》め、結局「ちあき」とひらがなになったいきさつがあったのを、幼いながら、ちあきは知っていた。――名前に「千」がついているのは、祖父が若くして亡くなった妹の千代からつけてほしいと願ったからだということも。

(そっかあ……)

祖父の妹を大叔母と呼ぶのも、ちあきはすでに知っていた。祖父は揺り椅子にかけているときは妹を思い出しているらしく、話しかけるといつも千代の話をしてくれたからだ。

(じゃあ、もらえないね。ざんねん!)

(もともとは、大叔母さんが、許嫁《いいなずけ》からもらったものだったからね。そのひとがいいと言えば、もらえるかもしれない。……これは、持ち主を助けてくれるものだから……)

(たすけてくれるの？　こまったときに？)

ちあきが首をかしげると、祖父はうなずいた。

(そう。何か困ったときに……十二の神獣が、助けてくれる。そういうものだったらしいが……千代はいなくなってしまったから、この子たちも、お役目が果たせなくて、揃っていても、淋《さび》しいだろうね……)

祖父は悲しげに呟いた。

壱

七尾《ななお》ちあきは、学校まで迎えに来た兄の千春《ちはる》の車の助手席に乗り込んだ。

「ありがとね、お兄ちゃん」

「休みだったから、いいよ」

荷物を後部座席に押し込んだちあきに向かって、千春はやさしく笑いかける。

ちあきの通っている中学では、九月の最初の連休に、二年生はキャンプに行く。

「なんで連休にキャンプなんだろう。もっと暑いときに行くものじゃない？」

助手席に滑り込んだちあきがシートベルトを締めながらぼやくと、兄は前を向き、エンジンをかけながら肩を揺らせた。

「そう言うけど、ちあき、僕のときは夏休みに入ってからだったよ。夏休みが減るって、みんなぶーぶー言ってたよ」

兄はちあきの中学の卒業生なのだ。といっても一回り離れていて、干支は同じである。

「今は制服も可愛くなったし、僕たちのころより鞄《かばん》も、羽織物も自由だし、よかったじゃないか」

「夏休みが減るよりはましかなぁ」

九月の山間部は夜になると寒かったが、キャンプ自体は楽しかった。

「お兄ちゃんはいつまでお休みなの？」

兄はちあきがキャンプに行くと同時に遅い夏休みを取っていた。世間が長い休みのあいだの動物病院はそこそこ忙しいので、獣医の兄が遅れて休暇を取るのは毎年のことだ。

「……まだしばらくは家にいるよ。それより、きょうの夕飯は、ゴーヤーチャンプルーと生姜《しょうが》焼きだぞ」

千春はゆっくりとハンドルを回しながら告げる。

「やったあ」

千春の生姜焼きはおいしいのだ。ゴーヤーチャンプルーも、母がつくるときより丁寧なので、苦さが少ない。肉がかぶっているが問題ない。

「でも、わざわざ迎えに来てくれなくてもよかったんだよ。お兄ちゃん、うちのこともしてたんでしょう」

働き者の千春は、兄妹ふたりで暮らすようになって以来、家事の大半を引き受けてくれている。料理は作り置きで、掃除や洗濯もまとめてやるにしろ、負担が大きいのはちあきにもわかっていた。ちあきもなるべく手伝うようにしているが、兄は自分のやりかたでやるほうがいいと言うのだ。もしかしたらちあきが手伝うのは迷惑かもしれない。

「だけどその荷物、重そうだから」

「うん、重いよ」

キャンプに持っていったのは古いリュックサックで、とても大きい。そんな時代遅れのものを持っているのはちあきくらいだった。

キャンプは二泊三日で、昼間だけでなく寝るときも体操着かジャージで過ごすようにと言われていた。しかし学校指定の体操着とジャージだけでは着替えが間に合わないので、Tシャツなどの軽装も許可されており、さらに下着類やパジャマ用の衣類も持っていくとそこそこの荷物になった。体育の授業もあるのでさっさと洗濯してしまいたい。

「迎えに来てよかっただろう？」

千春は車をゆっくりと道路に出した。千春と同じように生徒を迎えに来た保護者の車がそこかしこに停まっている。そちらへ近づいていく生徒もいるので、慎重に運転しているのだろう。

「助かったけど、でも、普通に歩いても帰れたと思うよ。家までそんなに遠くないし」

「助かったなら、やっぱり迎えに来てよかったよ。——うちはおじいちゃんの代から妹が可愛いくてたまらない家系なんだよ。キャンプのあいだも、心配してたんだから。仕事がなくてよかった」

千春はそう言いながら、顔を引き締めた。道路に出た車が軽快に走り出す。

「お仕事……どう？」

ちあきは運転席の兄の横顔を見ながら尋ねた。

「うん」

千春はちょっと溜息《ためいき》をついた。「まあ、お休みでよかったよね。本当に」

「お休みなんだから、休んでてよかったんだよ。お兄ちゃん、ほんとに疲れてるから、心配」

千春は動物病院に勤務している。その職場が忙しすぎて、最近は疲れが溜《た》まっているようだ。だから前もって迎えは不要だと言ったのに、来てくれたのである。ありがたいが、兄の元気のなさが心配だ。

「ちあきに心配されるなんて、僕も焼きが回ったな」

ははっ、と千春は笑った。「まあでも、ちあきが心配するようなことじゃないから」

「なんで。お兄ちゃんがわたしを心配してくれるように、わたしもお兄ちゃんが心配だよ。

無理しなくて、いいんだよ」

「ちあきはほんとうにいい子だね」

そう返されると、ちあきもほかに何も言えない。

ちあきは前を向いたが、すぐにちらりと運転席の兄を見た。

千春はふだんはぼやっとしてみえるが、こういう真剣な表情をすると、父に似てそこそこ男前である。鴨居に頭がつく程度の長身で、スタイルもわるくない。獣医になっただけあって頭もいい、自慢の兄だ。ちあきはそんな兄が自分を可愛がってくれるのをありがたくも、うれしくも思うが、たまに恥ずかしい。

もう中学二年生で、来月には十四歳だ。子どもとは言い切れないだろう、と思う。大人だと主張する気はないが……そんなことで、兄はわらったりなどしないけれど。

「僕にはありがたい妹だよ。……伯父《おじ》さんの気持ち、わかるなあ。妹はいくつになっても可愛いんだろうね」

「伯父さん、今でもお母さんを心配だって言うもんね。でも、伯父さんの家で暮らすことにならなくてよかったよ」

母方の伯父の家は同じ市内にあるが、交通の便がいい。去年、両親が長期で海外へ行くことが決まったとき、伯父はやたらと気を揉んで、自分の子どもはすでに大人でほとんどが家を出ているからと、ちあきと千春に同居を提案した。

伯父も母も、ちあきから見ると歳を取っていてちゃんとした社会的地位のある大人だ。なのに伯父は妹である母を、目に入れても痛くないほどに可愛がっている。母はいつも伯父の溺愛《できあい》を軽くいなしていて、同居の件も、奥さんと子どもたちが嫌がるでしょ、とあっさり蹴《け》ってくれた。

伯父夫婦をけっしてきらいではないが、一緒に生活をするのは気がひけた。奥さんだって、表面的には異を唱えなかったが、内心では迷惑に思っているかもしれない。といっても奥さんは母の友人で、ちあきを実の子と同様に可愛がってくれる。いとこたちは、昔から千春に世話になっていたからと、いとこの中でも最年少のちあきにもよくしてくれる。中でもまだ大学生で実家暮らしの従姉《いとこ》とは話も合うし、いろいろなことを教えてくれるので、会うのは楽しかった。

「そうだね。べつに今の家でも何も問題はないし。ただ広いから掃除がたいへんなだけで」

千春はふふっと笑った。「伯父さん、ほんとうに母さんが心配なんだろうね。空港で泣きそうになってたよね」

「うん。詩子《うたこ》おばさん、笑うの我慢してたよね」

「母さんは恥ずかしがってたけど、僕はわかるな。伯父さんは今でも妹が可愛いんだよ。

おじいちゃんや僕と同じで」

学校から家までは、車だと五分ほどで着く。信号で止められたり、途中で少し車が混み合ったりしていても十分がせいぜいだ。

「ねえ、お父さんたちがいないから、そのうち、はなれに入ってみてもいい？」

家が近くなってきた。ちあきはちらりと運転席の兄を見て問いかける。

「んー」

兄は前を見ながら、唸《うな》るような声を出した。

「だめ？」

「ちあきは、はなれに入りたいのかい？」

「だって、気になるでしょ？　お兄ちゃんは気にならない？」

「ならなくは、ないけどね」

ちあきがいま住んでいる家は、もともとは父方の祖父の屋敷だった。古くて、広い。祖父が亡くなったあとは誰も住んでいなかったが、父が休みになるとときどき手入れをしに来ていた。ちあきが中学に上がり、祖父の家のほうが学校に近いし、両親の海外出張が決まりかけていたので、一家で引っ越したのだ。それまでは賃貸のマンション暮らしだったが、そちらは引き払った。

とにかく祖父の家は古い。歩くと廊下はぎしぎしいうし、家の真ん中をまっすぐに通っている階段は剝《む》き出しでリビングから見える。築五十年ほどらしいと父は言うが、ちあきにはもっと古く思える。

古いが、祖父が暮らすためにいろいろと修繕されてもいたので、特に不便はない。引っ越して二年近く経っているが、以前のマンションもかなり古くて、夏になると暑かった。クーラーの音もすごかった。

今の家は古くても快適だ。クーラーは引っ越してきたときに設置した新しいものだし、敷地が広くて木々も多く、そのおかげで夕方になると涼しい。ただ、虫が多いのにはまいった。おかげで蚊取線香や害虫用の置き餌は欠かせない。

以前の家と違う不便さがあっても、ちあきは今の家が好きだった。知らない部分が多く、ひとりでいるときに家のどこかが鳴ってドキッとすることもあったが、それでもわくわくが上回る。祖父が生きていたときに頻繁に遊びに来ていたのもあって、懐かしい気持ちが勝ってもいた。

「でも、おじいちゃんは、あんまりひとに入ってほしくないんじゃないかなあ」

大通りから狭い道に入る。ここは曲がり角が鋭角な上に、家の前に至る道などはひどく細いが、一方通行ではないのだ。だから兄の運転はとても慎重になった。家の門前を一度通り過ぎてから、バックしなければ門から車を入れられない。兄は苦心してハンドル操作をし、車を車庫に収めた。

エンジンが切れたので、ちあきは助手席からおり、後部座席のドアをあける。荷物を持ち上げると、さほど大きくはないのにとても重かった。一旦《いったん》、下に置く。すると、ふと目の前がかげった。

「お手伝いしましょうか」

兄が来たのかと思っていたが、聞き慣れない声がしたので、ぎょっとして顔を上げる。

「えっ……」

目を瞠《みは》るほど美しい男がちあきの傍らに立っている。ちあきはぽかんとして相手を見た。目鼻立ちはすっきりとしていて、絵から抜け出たように整っていた。髪の色は淡く、茶色にも金色にも見える。ちあきを見おろす瞳《ひとみ》は淡いみどり色だ。金髪というとこのあたりではちょっと粋がった男の子が多いが、美貌《びぼう》も相まって外国人のように見えた。

なのに、身に着けているのは着物だった。そのちぐはぐさに、ちあきは混乱した。

「……どなたですか？」

家の敷地内にいる見知らぬ男だ。まず警戒心を抱くべきだっただろうが、ちあきは驚きのあまりそう問いかけた。驚いたのは、さきほど兄が車庫入れをするとき、車庫には誰もいなかったせいもある。いったいどこから現れたのか。門から誰か入ってきた気配もない。

「ああ、これは失礼」

美貌の男は微笑んだ。「私は常葉《ときわ》と申します」

「常葉さん……」

「あの、どなたですか」

兄が慌てたように運転席から車の前を回って近づいてくる。いつも穏やかににこにこしている兄が剣呑《けんのん》な顔をしているのを、ちあきは久しぶりに見た気がした。

「こちらは、七尾和彦《かずひこ》さんのお宅ですよね」

七尾和彦は、五年前に亡くなった祖父の名だ。

「祖父にご用ですか？　もう、亡くなりましたけど……」

「亡くなった……」

兄の答えに、常葉と名乗った男は眉《まゆ》をひそめた。「……残念です」

「祖父のお知り合いですか？」

兄はやや顔つきをやわらげた。祖父は画家で、土地の名士だった。亡くなってからしばらくのあいだ、弔問客が訪れていたので、父は姉である伯母たちと相談して代わりばんこに週末になるとこの家に来ていた。祖父の絵が好きだったと、海外から来た者もいた。知らぬまま訪ねてくる者もいた。だが、もう五年も経っている。

男は祖父と知り合いだとしても、若すぎるように思えた。どう見ても、兄とさほど差がなく見える。

「いえ、……私はお目にかかったことはありません」

彼は千春に目を向け、告げた。

外国人じみているのに、着物を着ていて、さらにとても丁寧な語り口調。何もかもが噛《か》み合っていない気がして、ちあきはただただまじまじと常葉を見た。

「和彦さまにお伺いしたいことがあったのですが、……これは、困りました」

美しい男は、ちいさく溜息をついた。

「祖父に？　何を……」

「おい、常葉」

ふいに、門のほうから大きな声がした。ぎょっとしてちあきはそちらを見た。

敷地の正門は、学校の校門に似て古くて大きく、閉めるときに力を込めて引き出さなければならない。だから車で出るときは、戻ってくるまであけっぱなしになっている。朝にあけたら暗くなるまで閉めないことも多い。

門に手をかけて立っていたのは、大きな男だった。やや跳ね気味な真っ黒な髪は、寝癖だろうか。背が高く、体つきもがっしりしていた。体を包んでいるのはやはり着物だ。墨を流したように黒い着流しである。

彫りの深いくっきりとした顔つきで、整ってはいるが、今はどことなく苛立《いらだ》っているように見えて、ちあきに、怖い、と思わせた。

常葉と名乗った男は美しく、それに見合った言葉遣いと声音だったが、門に手をかけている男は見ただけで粗暴な言動をしそうに感じられた。実際、門のところから車庫まで届けるために声を大きく張り上げたのだ。

「待っていろと言ったはずだが」

常葉はそちらを見ると、やや冷たく咎《とが》めた。今までの丁寧な口調とまったく違う物言いに、ちあきは、ふたりには上下関係があるのかと思った。

「待ちくたびれた」

黒髪の男は悪びれもせず返した。常葉のような美貌の男に冷たい口調で咎められたら、ちあきなどもう何も言えなくなってしまうだろう。

「まったく」

常葉は溜息《ためいき》をついた。それから再び、千春を見る。

「驚かせてしまって申しわけありません。……あれは、私の主君の、猫宮十九郎《ねこみやじゅうくろう》です」

その名前にも、ちあきはぽかんとした。外見にそぐわぬ、まるで時代劇に出てくる浪人のような名前なのにも驚いたし、何より、主君という言い回しをTV以外で聞いたことがなかったのだ。

ちらりと見ると、兄も呆気《あっけ》に取られた顔をしている。兄はふだんとても穏やかで、感情の起伏があまりない。驚いても、すぐに笑顔になってしまう。ここまで純粋に驚いているのを見るのは滅多にないことだった。

「主君……」

「はい」

兄が繰り返すと、常葉は微笑んだ。「生まれたときから仕えております」

「そういうのいいから」

十九郎と紹介された男が、大股《おおまた》に近寄ってきた。どことなく怒ったような顔をしている。

「それより、ここで合ってるんだろ？　ここに出たんだから」

「そうだ。こちらが七尾和彦さまのお宅だ」

常葉はじろりと十九郎を見た。仕えている主君だというのに、常葉の十九郎に対する態度は、みょうに高圧的に感じられる。ちあきや千春に対しては丁寧な態度なので、ちあきはどうにももぞもぞした。

「驚かせてしまったようで、すみません。私はこの主君に仕えていますが、教育係でもあり、お目付役でもありますので、どうしても厳しい態度を取ってしまわざるを得ないのです。言葉がきつく感じられたら申しわけありません」

まるでちあきの胸の内を読み取ったように、常葉は再びちあきたちのほうを向いてにっこりと微笑んだ。当人もわかってやっているようだ。

「はあ……それで、祖父に何か用でもあったのでしょうか……？」

気を取り直したのか、兄が問う。相変わらず不審そうな顔つきだ。相手の名前がわかっても警戒はとけないのだろう。たとえ弔問客でも家に上げたくないのかもしれない。明らかにふたりの訪問客は風体からして異様だった。だが、珍妙な訪問客に、ちあきの胸は少しだけ躍っていた。

「お悔やみについては、我々は面識もございませんので遠慮いたします。ですが、用というか……」

常葉が、考えながら口を開いた。その隣に立った十九郎は、眉を寄せてじろじろと、ちあきと千春を見ている。値踏みするような、ものめずらしいものでも見るような目つきだ。悪意は感じなかったが、いい気はしない。ちあきがもっと内気な子だったら、とっくに半泣きになっていたかもしれない。

「さっさと説明しろよ」

十九郎が促す。その物言いに、ちあきはまた、驚いた。あまりにも乱暴に聞こえたからだ。とはいえ、十九郎がこういう言動だから、彼に対する常葉の態度がやや冷たく感じられるのかもしれない。

「その口を閉じていろ。――すみません。和彦さまの妹君については、ご存じでしょうか。千代《ちよ》さまとおっしゃるかたです。こちらにお住まいだったと聞き及んでおりますが」

常葉は十九郎を見もせず言い終えると、千春に向かって微笑みかけた。千春もこのふたりの微妙なやりとりは無視することにしたのか、常葉にうなずき返す。

「大叔母《おば》さんだったら、あのはなれに住んでいたと、祖父から聞いていました」

千春はそう言うと、庭の奥にあるはなれを指し示した。

敷地の南側には、はなれがある。祖父が生前、絵を描くためのアトリエにしていた建物だ。そこには昔、祖父の妹が住んでいたと、ちあきも以前から聞いていた。もうずっと昔のことだ。

「我が主君の祖父である大殿が、和彦さまの妹君と婚約していたのです」

「婚約……」

その言葉を、思わずちあきは鸚鵡《おうむ》返しした。兄を見ると、何か言いたそうな顔つきになっていた。大殿、という単語が時代遅れに聞こえたが、それより、婚約と聞いて興味を持ったのだ。

「婚約のしるしとして、大殿は主家に代々伝わるあるものを、和彦さまの妹君に差し上げました。主家の宝です」

「それを、返してほしいということですか？　大叔母さんは、もうずうっと前に亡くなりましたけど」

兄はやや尖《とが》った声を出した。「遺品は残っていますが、その、いただいたものが遺品として残っているかは、僕にはわかりません」

「お話が早くて助かります」

常葉は微笑みを崩さない。「おっしゃる通り、その宝をお返し願いたいのです。和彦さまの妹君がお亡くなりになったことはこちらも存じております。大殿はひどく嘆かれ、主家の跡継ぎであったのに誰とも添わず、……ですので、祖父と申し上げましたが、正確にはこの主君は大殿の姪孫《てっそん》にあたります」

テッソンなどという単語は初めて聞いた。あとで兄に訊《き》こう、とちあきは考える。兄は物知りで、ちあきが訊くとなんでも教えてくれるのだ。辞書を引け、と言われるかもしれないが。今どきはパソコンやスマートフォンで検索するところを、本の辞書を引いて調べるのは七尾家の教育方針だった。

「捨ててしまったかもしれないですよ」

兄がすげなく常葉に返す。

「捨てられてはいないはずです」

常葉ははっきりと言い切った。「もし不要になって廃棄されたならば、戻ってきているでしょうから」

「戻って？」と、兄はますます警戒を強めたようだ。「どういう意味ですか？」

「申し上げた通りです」

笑顔のまま、常葉は返した。

どうにも、おかしい。ちあきは少しだけ兄に近づいた。兄の腕をぎゅっと摑《つか》む。すると千春は、ちあきを庇《かば》うように前に出た。

「不要になったら勝手に戻っていく薄気味悪いものを、婚約のしるしにくれたんですか？」

「薄気味悪い、だと」

そう言ったのは十九郎だった。もともとやや険しい顔つきだったのが、明らかな怒りの表情に変わっている。

「いや、これは失礼」

さすがに千春も失言を察したようだ。「その、……生きものでもないのに、勝手に戻っていくなんて」

「そりゃ、おまえらの感覚で言えば生きちゃいねえけどよ、薄気味悪いと言われちゃこっちも気分がよくねえ」

「……仕方あるまい。このかたたちは普通の人間だ。であれば、薄気味悪く感じるのも道理だ」

「けどよ、常葉、」

「おまえが口を出すとややこしくなるから、少し黙ってくれ」

常葉は耐えかねたように、十九郎をまっすぐに見た。命じる口調に、十九郎は渋い顔をして沈黙する。これではどちらが主君なのかわからない。最初に聞いていなかったら、常葉のほうが十九郎より偉いと思っただろう。

「……生きものでもないとおっしゃいましたが、そうでもないのです」

十九郎がぎゅっと口を引き結んだからか、常葉は再び千春を見た。千春は怪訝《けげん》そうに常葉を見返す。

「そうでもないって、じゃあ、生きものなんですか？　でも、大叔母さんが何か飼っていたとか、聞いてないんですが……」

それ以前に、もし何か飼っていたとしても、生きているはずもないだろう。大叔母が亡くなったのは二十歳をすぎていくらも経っていなかったらしく、祖父が結婚してまもなくだったと聞いている。つまり、父が生まれるよりも前だ。そんな時代から生きている動物など、亀くらいではないだろうか。ちあきは亀が長生きするのを、兄に教えられて知っていた。

「……生きているとも、生きていないともいえるので、……申しわけないのですが、ご理解いただけるように説明できそうになく……」

常葉の言葉に、千春は眉《まゆ》を上げた。

「ちょっと何言ってるかわからないです」

千春はそう言うと、キッと険しい表情で常葉を睨《にら》みつけた。本気で警戒したようだ。

千春は獣医という職業柄、生きている動物と死んだ動物とに関わっている。なのに、そのどちらでもないなどと曖昧《あいまい》に言われて苛立ったようだ。ちあきも、常葉がいくらきれいでも、何を言っているかさっぱりわからないのだから、不信感がつのるばかりだ。

「おまえがもったいぶるから怪しまれてるじゃん」

常葉の斜め後ろで、そっぽを向いていた十九郎がぼそりと呟《つぶや》いた。常葉はじろりとそれを横目で見る。が、すぐに彼は視線をちあきたちに向けると、笑顔をつくった。

「これは誠に申しわけありません。確かに自分の説明は拙《つたな》く……ともあれ、千代さまのものが何か残っているようでしたら、見せていただきたかったのです。そして、残っているものの中に主家の宝があれば、お返し願いたいのです。千代さまと大殿の婚儀は叶《かな》いませんでしたので、お返しいただくことに何も問題はありますまい」

「それは、そうですが……」

常葉が切り出しかたを変えると、千春は戸惑ったようだった。結婚の約束で渡したものを、結婚できなかったら返せというのは理に適《かな》っているだろう。この珍妙な訪問客への不審の念より、俄然《がぜん》、興味が強まってきた。

もともとちあきは、祖父がアトリエにしていたはなれに入りたかった。だが、昔から入ってはいけないと言われている。昔のようにものをむやみに散らかしたり走り回ったりしないのだから、入っても何も問題ないだろう。

「ねえ、お兄ちゃん。はなれに行ってみようよ」

ちあきがそう言うと、千春はぎょっとしたように振り返った。

「ちあき……」

「約束を破っちゃったんでしょ。だったらその宝物は返したほうがいいんじゃないの？　あるかないかわからないけど」

ちあきの言葉に、千春はぎゅっと口を引き結んだ。兄はいつも、嘘はなるべくつかないほうがいい、約束はなるべく守ったほうがいい、できなくて破ってしまったらちゃんと謝ったほうがいい、とちあきに言い聞かせている。

大叔母が結婚できなかったことは、もういないのだから謝れない。ちあきや千春が代わりに謝ってもお門違いだろう。だったら常葉が言うように、婚約の宝を返したほうがいい。

――と、思ったものの、ちあきは、この機にはなれに入れるのでは、と咄嗟《とっさ》に考えたのだ。引っ越し直後に、一度、玄関に少し入っただけで、それ以降は一歩も踏み込んでいない。いつも鍵《かぎ》がかかっていて、両親はたまに出入りをしていたが、ちあきは外から眺めるばかりだった。

「確かに、そうしたほうがいいのはわかるが……」

千春は曖昧に言葉を濁す。ちあきは兄の腕を摑む手に力を込めた。こういうとき、兄はちあきが言いつのれば、根負けするのだ。なんだかんだで妹に甘い兄なのである。

「いかがでしょうか。我々も、日を変えて何度もこちらに伺うのは気が引けます」

ちあきが口を開こうとしたとき、常葉が口をひらいた。つまり、「宝」を返してもらうまでは何度でも来ると言っているのだ。

「何度も来るのもたいへんじゃない？」

それを受けてちあきがさらにうながすと、千春は溜息《ためいき》をついた。

「お父さんたちには、内緒だぞ」

兄の言葉に、ちあきはいきおいよくうなずいた。


はなれは古くてちいさいが、木造の二階建てだ。玄関の引き戸には磨《す》りガラスが入っている。鍵はもともと戸の中央についていたもののほかに、把手《とって》のほうに新しく南京錠がつけられていた。

兄は一度母屋に戻って、鍵を持ってくると言った。そのあいだにちあきは荷物を脱衣所に持っていき、洗濯物を出して、ほかの洗濯物と一緒に洗濯機に入れてスイッチを入れた。洗濯が終わるまでに、あの妙な客も帰るだろう。

キャンプはジャージや体操服などで過ごしたが、帰りはジャージと、耳のみじかいうさぎがショッピングカートに入っている絵柄のTシャツを着てきた。着替えようかと思ったが、着替えているあいだに千春が客とはなれに入ってしまったらと思うと気が気でないので、急いで脱衣所を出た。廊下を抜けてリビングに入る。リビングから庭に出ようとすると、兄も奥の書斎から出てきた。

「ちあきは来なくていいぞ」

「えっ、行くよ。いいでしょ。はなれに入りたいもん」

「……まったく」

兄は、リビングの窓の下の沓脱石《くつぬぎいし》に置かれた健康サンダルに足を入れると、じろりとちあきを見た。ちあきはちょっと笑った。

「だめ？」

「……得体の知れないやつらだから」

兄はちあきのほうを向いて、小声で言った。「ちょっと心配なんだ」

確かにあの来客ふたりは得体が知れない。常葉は見とれるほどきれいな男だが、だからといって人畜無害かどうかは別の話だ。

ふたりとも、突然、現れた。気配もなかったのだ。

ちゃんと考えると、どうにもおかしい。

「危ないかもしれないだろう？」

「じゃあ、警察呼ぶ？」

ちあきが言うと、兄はおかしそうに笑った。

「そこまでじゃないな。あの十九郎ってやつはわからないけど、常葉のほうは話せばわかりそうだ」

「ところで、大叔母《おば》さんがもらった宝物ってなんだろう?」

「まあ、換金性の高いものではないみたいだから、あるかないか、見せてもいいかと思ったんだ」

兄の言葉に、ちあきはなるほどと思った。確かに、高価なものだったら困るだろう。代わりにお金を払えと言うかもしれない。そのときこそ警察に報《しら》せてもよさそうだ。

言い終えた千春がさっさと庭を横切ってはなれに向かうので、ちあきもサンダルをつっかけてそれにつづいた。

常葉と十九郎のふたりははなれの前に立っている。兄はふたりに何か話しかけた。ちあきは小走りで近づいた。が、サンダルが小さかったので、地面で躓《つまず》き、転びかける。

「おいおい、だいじょうぶか」

いちばん近くにいた十九郎が、さっと腕を伸ばして抱き留めてくれた。大柄だからか、それに見合う太さの腕だった。ちあきはびっくりしつつも顔を上げる。

「ありがとう……」

「気をつけなよ」

　十九郎はニヤッと笑った。おもしろがっているような笑顔だが、どこか清々《すがすが》しい。もしかして悪いひとではないのかな、とちあきは思った。最初の怖い印象が、きれいさっぱり拭《ぬぐ》われてしまう。

「ちあき。だいじょうぶ？」

　鍵をあけようとしていた千春が振り返った。

「うん、平気」

　ちあきは答えて、十九郎から離れ、兄に近づいた。

　兄は何か言いたげな顔をしたが、すぐに戸に向き直って南京錠をあけ、さらに戸の鍵をあけた。古い、丸い鍵穴《かぎあな》に鍵を差し込むタイプの錠だ。それがかちんと音を立てて外れる。千春は戸に手をかけて、横に引いた。

　中は狭い玄関だ。三和土《たたき》はコンクリート張りだが、丸い石が所々に埋められている。千春は中に入ると、健康サンダルを脱いで上がり框《がまち》に足をかけた。廊下に上がり、振り返る。

「どうぞ」

　そう言われても、常葉も十九郎も中には入らない。自分が先に入るべきだと気づいたちあきは、すぐに中に入った。少し、何かにおう。カビだろうか。

　サンダルを脱いで上がり、振り返ると、やっと常葉が家の中へ入ってきた。

「お邪魔します」

きれいな男は丁寧に挨拶《あいさつ》すると、草履を脱いで上がり框に上がった。今さらだが、洋服ではなく着物なので履物も草履なのだ。見ると、十九郎も草履を脱いでいた。

「いつも着物なんですか？」

兄は廊下を進んでいくが、ちあきは興味を覚えて尋ねた。すると、十九郎が、あ？と顔を上げる。

「そうですね。自分はいつもこのような格好で過ごしています」

答えたのは常葉だった。ちあきを見て、微笑んでいる。なんとなく常葉が、十九郎がちあきに答えるのを遮ったように感じた。

「めずらしく思われるかもしれませんが……」

「こっちです」

廊下の突き当たりで千春が呼んだ。ちあきは足早に向かう。後ろからふたりがついてくるのが気配でわかった。

「ここは祖父のアトリエで、大叔母のものはみんなこちらにあります」

そう言うと兄は扉をあけた。

はなれの右側は、すべてがアトリエになっている。広い空間には雑多にものが置かれているが、広いので気にならない程度だ。

兄は西側の窓にかかったカーテンを半分だけあけた。こちらは全面が窓だが、敷地を囲う土塀と近接しているのでたいして景色はよくない。北側の窓からは庭と母屋が見えるが、兄はそちらのカーテンはあけなかった。

「といっても、大叔母が亡くなったのはもうずっと前ですし……大叔母の遺品は祖父があらかた処分してしまったようで、僕が知っている大叔母のものは、これだけです」

兄は廊下側に置かれた簞笥《たんす》を指し示した。古くて、金具の把手が外れている抽斗《ひきだし》もある。

「この簞笥が？」

常葉が問う。千春はうなずいた。

「その、……中を見せていただいてよろしいですか？」

「いいですが、……たいしたものは入っていなかったと思います」

「お兄ちゃん、中、見たことあるの？」

ちあきが訊《き》くと、簞笥の前に立った千春は振り向いた。

「うん、昔に」

「わたし、見たことない」

ちあきは兄が中学生のときに生まれたから、兄だけが知っていて、ちあきの知らないことは多い。それがなんとなくおもしろくなかった。

「ちあきはあまりここに入っていないからだね」

「うん、……絵の道具が置いてあるからさわったらだめって言われてたし」

あのころは祖父も元気で、ここで絵を描き、母屋で生活していた。ひとりで暮らすにはたいへんだったので、日中は弟子が何人か来て食事などの世話をしていたらしい。ちあきたちが泊まりで遊びに来るとき、弟子のひとたちは姿を見せなかったから、どんなひとがいたかさっぱり記憶にない。

「見ていい？」

ちあきは兄を見上げた。兄はちあきがきちんとお願いすれば、よほど危険なことでない限りだめとは言わない。しかしこのときは一瞬、その柔和な顔に微妙な表情を浮かべた。

ちあきは祖父を思い出した。

祖父が亡くなって、もう五年も経つ。ちあきは少ししか憶《おぼ》えていないが、小さいころは兄とともに祖父に預けられたこともあったらしい。小学校に上がってからは長い休みのたびに祖父に会いに来た。

祖父が歳を取ってから父が生まれ、ちあきも遅くに生まれた子だったので、ちあきにとって祖父はたいそうな老人に感じられた。祖父は同年代の中ではかなり長身で、巨木を思わせる風貌《ふうぼう》だったが、物腰がやわらかく、幼いちあきはよく懐いた。

兄の千春はそんな祖父と顔立ちがよく似ている。だからか、その表情は、いつだったかちあきが困らせてしまったときの祖父を思い出させた。

「……ちあきにはあけられないと思うぞ」

兄はそう言うと、箪笥を見た。「把手がひとつしかないのが多いだろう」

箪笥は、上の部分が引き戸で、下が五段の抽斗だった。だがその抽斗のほとんどは、兄が言ったようにふたつついているはずの把手がひとつしかついていなかった。

「試してみていい？」

ちあきはそう言うと、兄の答えを待たずに、中ほどの抽斗の、ひとつしか残っていない金属製の把手に手をかけた。引っ張ると、意外に手応《てごた》えがある。中身は重くなさそうなのに、どこかでひっかかっているかのようだ。

「あかねえの？」

ふと、隣に十九郎がやって来て、言った。予想していなかったのでびっくりしたが、見上げると同時に、ちあきが手をかけた把手に、十九郎の手がのった。大きくてあたたかい手だった。

「一緒に引っ張ろうぜ」

そう言われて、ちあきも、そうか、と納得した。力を合わせれば引っ張り出せるかもしれない。

「うん、——せえのっ」

ちあきが声をあげると、重ねられた大きな手にぎゅっと力が入った。把手《とって》を握るちあきの手に、力が伝わるようだった。

すると、ぽこん、と音がして、抽斗が出てきた。

「何、これ……」

あいた抽斗を覗《のぞ》き込んだちあきは戸惑った。

「着物じゃないかな」

千春が答える。

抽斗の中には、長い紙包みが入っていた。抽斗いっぱいの広さだ。表面の片隅に、細い筆文字で「千代　振袖《ふりそで》」と記されている。

「そっかあ……これじゃ、ない？」

ちあきは傍らの十九郎を見上げる。すると十九郎は、何故か困ったような顔をして、重ねていた手をそっと離した。

「聞いてるやつじゃないな」

「宝って、なんなの？」

尋ねると、十九郎は頭を掻《か》いた。その視線は、ちあきの後ろにいる常葉にちらりと向けられる。常葉がどういう反応をしたかはわからないが、十九郎は視線をちあきに向けると、頭を掻いていた手を下ろした。

「花札、って俺は聞いてるけどよ」

「花札……」

思わずちあきは目を丸くした。

「花札？」

千春も驚きの声をあげた。後ろで、ふう、と常葉が溜息《ためいき》をつく。

「……花札なんてもの、僕は見たことないですけど」

千春が常葉に向き直った。すると常葉は曖昧《あいまい》な笑みを浮かべる。

「それはともかく、簞笥の中身をすべて見せていただいてよろしいですか？」

「抽斗の中には入ってないんじゃないかなあ」

ちあきはそう言いながら、上の戸棚の戸を横に引いた。

戸棚の中は二段になっていて、上には筒が何本か入っていた。下には四角い缶や、分厚い大きな封筒や、紙束が詰まっている。ちあきはなんの気なしに封筒を手にした。

中を覗くと、古い紙のにおいがした。ちあきは中に詰まったものを取り出す。

「それ、伯母《おば》さんの成績表だね」

千春が笑いを嚙《か》みころした。父に姉は三人いるが、全員、歳が離れているせいもあってか、末っ子の父とはあまり親しくしていない。そのせいか、たいして遠くもない同じ県内に住んでいるのに、ちあきと会うのは年に一度がせいぜいだ。

そんな伯母たちは、たまにしか会わないからか、未成年の身内が今やちあきしかいないからか、お年玉やお小遣いをたくさんくれるから、いい伯母さんたちだと思っている。その恩もあって、ちあきは中を見ずに成績表を封筒にしまった。封筒を戸棚に戻す。

兄はそのあとで、下の段から缶を取り出した。

「花札、そうか、……そんなようなものがここに入っていた気がします」

「そんなようなものって……」

ちあきは目を丸くして兄を見上げた。

「花札は四十八枚あるはずなんだけど、僕が見たのは十二枚だったし、絵柄も、なんというか、花札とは違ってたよ。だから、花札と言われてもピンとこなかったんだ」

「それだと思います」

常葉が進み出て、千春の傍らに立った。「見せていただけませんか」

千春はそれを見て、何か言いたげな顔をした。しかし口をひらくことはなかった。

兄は缶の蓋《ふた》に手をかけた。たいして大きくない四角い缶は、お菓子の缶だ。しかし缶の蓋には見たこともない模様が描かれていたので、きっと昔のものなのだろう。

缶の蓋は相当に堅かったようだ。千春は少し顔をしかめた。力を込めているのがわかる。

「その、もしよければ」

常葉がそう声をかけたとき、かぱっ、と音がして、蓋があいた。その勢いで、千春はやや後ろに下がる。背中が箪笥に当たった。

「あきましたよ。……これかな？」

缶の中には、古い写真や、古い名刺、古いはがきなどが入っていた。千春は蓋を戸棚に置くと、缶に手を入れて、何かをつまみ出す。

「それが、花札？」

兄のつまんだものを見て、ちあきは目を丸くした。

トランプのようなものを想像していたが、トランプのカードよりは小さい。ちあきは手を伸ばして、兄の持つ花札をつまんで、引っ張った。兄はすぐにそれを離す。

手に取って見ると、それはちあきの手のひらに入る程度の大きさだった。厚紙でできている。カルタみたいだな、と思った。赤い厚紙に絵を貼りつけてあるようだ。

花札を、ちあきは聞いたことはあっても、実物を見るのはこれが初めてかもしれない。しかし、……もしかしたら、見たことあるのだろうか？　なんとなく、そんな気がした。

「ねえ、これ、なんの動物？　ぶたさん……？」

貼りつけられた紙に描かれているのは、まるっこい動物だ。大きな鼻が描かれているので、どうしてもぶたに見える。だが、ハリネズミのような毛並みが描かれていて、一概にそうとも言い切れない。

『ぶたではない』

どこからか聞こえた不満そうな声に、ちあきは目をしばたたかせた。

「えっ？　？　なに、いまの」

あたりをきょろきょろするが、兄はぽかんとしていて、常葉は何故か眉《まゆ》を寄せ、十九郎は、おっ、という顔をした。

「常葉、これだぜ、これ」

「いいからおまえは黙っていろ」

『いのししだ』

また、声がした。

ちあきはまじまじと、手の中の花札を見た。

『ぶたも親戚《しんせき》のようなものだが、ぶたではない』

その声は花札から聞こえていた。

「いのしし……」

言われてみれば、確かにその絵はいのししに見えた。といっても、TV番組か、せいぜい動物園で見たことがあるくらいだ。

『ほかのものはどこにいる』

「ほかのものって？」

声が聞こえてくるので、ちあきは驚きつつも花札に問いかけた。

『我々は十二の神獣。我以外にも十一の神獣がおるはず』

可愛らしい絵柄のいのししなのに、口調はひどく厳かだ。それでいてどことなく微笑ましさを感じさせる。

「神獣……？」

千春は呟《つぶや》くと、また缶の中を片手で探った。やがてその手が、同じ何枚かの花札を取り上げる。

「それが主家の宝です」

常葉はそう言うと、千春が摑《つか》んだ花札に手をのばして、さっともぎ取った。

「あっ」

千春が声をあげる。

「すみません、これはふつうのかたが持っているのはよくないものなのです」

常葉はそう言いわけすると、ちあきの手からも素早く取り上げた。

「何をする！」

千春が声を荒らげた。慌てているにしても、さすがに常葉の行動は尋常ではなかった。

「残りの花札も、渡してください。早くしないと……」

常葉が焦ったように、千春の持っている缶に手を伸ばす。だが千春はそれを抱えると身を翻した。

「なんのつもりだ」

千春は険しい表情で常葉を睨《にら》みつける。完全に怒っていた。

「いくら早くしてほしいとしても、妹に乱暴するな」

乱暴といっても、持っていた花札を取り上げられた程度だ。さほどのことではないが、兄は妹のちあきを、ときにはちあきが引くほど非常に可愛がっているのだ。少しでもちあきが困ったり悲しんだり雑に扱われたりすると、見境がなくなるのである。

「お兄ちゃん、いいから」

ちあきは焦って、兄の腕を引っ張った。見境のなくなった兄は、ふだんから想像もつかないほど乱暴になるのだ。それだけは避けたかった。

が、あまりにも強く引っ張りすぎたのだろう。その拍子に、千春の持っていた缶が傾いて、雑多な中身がこぼれ落ちた。

「あっ」

足もとにバラバラと落ちたのは、古い写真と名刺やはがきのほかに、赤い縁取りの札。

引っ張られてよろけた千春の足が、それを踏んでしまう。

『何をする』

とたんに、千春の足もとからふわっと光が放たれた。

落ちていた紙が、床から吹き上げた風にバラバラと散らばる。

「お兄ちゃん……！」

手を伸ばしかけたちあきは、強くなった風に吹き飛ばされて、床に転がった。

反射的に身を丸くしたので、ちあきは頭を打たずに済んだ。

部屋の中がひどくまぶしいのがわかる。床に転がったまま顔を上げると、兄のいたほうから強い光が射していた。目がちかちかして、頭がクラクラする。

「え、何、……どうして」

ちあきはあたりを見まわした。

『ただのヒトが神獣を踏みつけにするとは、不埒《ふらち》な』

殷々《いんいん》とした声は、怒りに満ちていた。まぶしくて、ぎゅっと目を閉じる。兄はどこにいるのか。ちあきは目を閉じたまま急いで身を起こした。起き上がると頭がぐらんぐらんする。いったい何が起きたのか。

「お兄ちゃん……おにいちゃん……」

四つん這《ば》いになると、手をついた床がぬるっとした。油だろうか。目をあけると、まぶしさは少し和らいでいた。

何度もしばたたかせて、手を見ると、——血で、濡《ぬ》れていた。

「え、……」

ぎょっとして見ると、傍らに、頭から血を流している兄がうつぶせに倒れていた。

「お兄ちゃん！」

ちあきは叫んだ。「お兄ちゃん、おにいちゃん……！」

兄はぴくりともしない。こういうとき、揺すってはいけないはずだ。ちあきはそんなことをちらりと考えながら、何度も兄を呼んだ。

「目をさましてしまった」

常葉の声がした。見ると、常葉は素早く千春の足の近くに膝《ひざ》をついて、千春が踏んだものを手に取ろうとしていた。

だが、常葉の手が取り上げた瞬間、それは生きているもののようにはじけ、自力でとび上がった。

『貴様、猫だな！』

さっき聞こえた声が喚《わめ》いた。『我に触れるな！』

「おい、どうすんだ、常葉」

十九郎が常葉に向かって呼びかける。

「どうもこうもない。さっさと回収……！」

言いかけた常葉が何かに吹き飛ばされた。簞笥《たんす》に叩《たた》きつけられ、缶の蓋がそのはずみで落ちてくる。

ぐったりした常葉の上に、がしゃん、と蓋が落ちて、さらに床に転げ落ちた。がくりと常葉がうなだれる。

次の瞬間、常葉の姿がふわりとぼやけた。痛いほどの光はもう弱まっていたから、ちあきは、彼のいた場所に何かの動物が現れたのを見ることができた。

「えええ?!」

ちあきは思わず叫んだ。

さきほどまでぐったりした常葉が倒れかかっていたところに、大きな動物が現れたのだ。

それと引き換えのように常葉は消えていた。

兄の怪我が気になるが、ちあきは茫然《ぼうぜん》と、その動物を見つめた。

「ねこ……?」

「……き」

兄の呻《うめ》き声に、ちあきはハッとした。

「お兄ちゃん!」

「こっちに!」

兄に取りすがろうとするちあきの腕を、十九郎が摑んで強く引いた。

ここから逃げようというのか。兄を置いて。

「やだ! お兄ちゃんを置いてけないよ!」

『見よ、猫神だ』

宙に浮いたものから声がした。それに呼応するかのように、兄の足もとから、ふわりと
何かがいくつも浮き上がった。

ちあきの腕を掴んでいた十九郎の手から力が抜ける。

「えっ、なんで……」

十九郎が間抜けな声で呟く。「まさか、発動、した……？」

ぽかんとするふたりを後目《しりめ》に、ふわふわといくつもの紙片が浮かび上がって、何か語り出す。

『この血。異なるが……仕方あるまい』

『しかしこれは、千代君《ぎみ》ではないような……』

戸惑いがちな別の声がした。

『千代君の気配はするな』

『しかし猫がいるなら、去らねばならぬ』

『あれっ、復讐《ふくしゅう》するんじゃなかったの？』

また別の声がした。どことなく気安い口調なのに、復讐などと物騒な単語が含まれている。

『ここから離れて英気を養ったらな』

『離れるって……』

『これを使う。貴様らは好きにするがいい』

兄の体がふわっと光るのを、ちあきは見た。

「お兄ちゃん！」

「だめだ、近づいたら巻き込まれるぞ！」

十九郎が、前に跳び出そうとしたちあきの体を腕でがっしりと止めた。庇《かば》うように腕を巻きつけられ、ちあきはもがく。

「お兄ちゃん！」

『ねえ、あの子、千代君の気配がするよ』

『あの子じゃない？』

『見るな。繋《つな》がれるぞ』

最初の声が言った。

『でも、目が醒《さ》めちゃったからには、どうにかしないと』

『我はこれを使う。皆も用いるがよい』

『え、もしかしてその子の？』

最初の一枚が、ふわふわと兄の上を回った。

すると、兄の体から何か、きらきらとしたものが浮かぶ。丸い珠《たま》だ。浮き上がったそれは、ぱかり、と半分に分かれた。

「おい、おまえら……！」

十九郎が叫んだ。「それを持っていくつもりか！」

『仕方あるまい。我々は持たぬもの。せめて半分は残してやろう』

兄の体の上で回っていたものが言うと、半球の片割れが、するっと兄に落ちた。残った片割れが、ぱきっ、と音を立てて割れる。

割れたかけらが飛び散り、漂っていた紙片に向かった。

『やった！　これで動ける！』

『おお、……千代君の感触は、あるな……』

『千代君っていうか、兄君じゃないの、これ』

『そのようだ』

『うーん、女の子じゃないのか……』

『要らないの？』

『いや、要る要る』

小さな紙片に、砕けたかけらがゆっくりと引き寄せられた。浮いていたいくつもの紙片が、かけらとそっと寄り添う。ひらひらしていた紙片が、動きを止めた。すると、かけらはじわじわと紙片に吸い込まれていく。

「おい、てめえら！　やめろ！」

十九郎が叫んだ。

『ふん。いただいてくぞ。我々は、ここではなんの役にも立てぬ。力がなければここからは出られぬからな』

最初の声が厳かに告げる。『取り戻したければ、力尽くで来い』

『俺はべつにここにいてもいいけどな。猫も平気だし』

十九郎がそれに応《こた》えるより前に、まっさきにかけらを吸い込んだ一枚の紙片が、ふわふわと近づいてきた。それは十九郎を避《よ》けてちあきの前にやってくる。くるくると回る紙片は、何かの生きもののようだった。

『君さあ、千代君とご縁があるんだよね？　俺を飼わない？』

紙片が語りかけてくる。ちあきはぽかんとそれを眺めた。

「なーにが、飼わない、だ！　おまえらはもともと千代君のものだろうが！」

しかしすぐに十九郎がそれを追い払うようにちあきの前を薙《な》ぐ。紙片はそれを避けてちあきのすぐそばまで逃げてきた。

『こわっ』

紙片はちあきの傍らでぱたぱたした。『ねえ。あんな怖いのより、俺のほうがいいよ』

「えっ……」

近づいたのでよく見えた。紙片は赤い縁取りのある、花札だった。最初に見たのはぶたのような動物の絵が描かれていたが、今度は違った。とぐろを巻いた白い何か。

まさかそんなものが描かれているはずもないし、白いのだから違うだろう。よく確かめたくて、ちあきは手をのばした。

『よせ！』

「さわるな！」

最初の声と、十九郎の声が重なった。

しかし、花札が呼応するように、すっぽりと手に入ってくる。

ちあきの手のひらに触れた瞬間、花札はまるで生きもののように身悶《みもだ》えた。

『しまった！』

叫びながら、白いとぐろの絵柄の花札は、するりとちあきから離れていく。

だが、離れた花札から、何か糸のようなものが流れ出し、ちあきに向かってきた。

『えっ、何これ』

それにつづいて、かけらと同化しつつあった複数の紙片が、風に吹き寄せられるようにしてちあきに近づいた。

十九郎が、あげようとした手を止めて、目を瞠《みは》った。「これは……」

何枚かの紙片が、ふわふわとちあきの近くまで流されてくる。それはすべて、最初にちあきが手にしたのと同じ、赤い縁取りのある花札だった。兄から出てきた珠のかけらを吸い込んでいたのは、花札だったのだ。

『千代君、……じゃないけど、おんなじ感じがする！』

「おっ……」

『ほんとだ』

自分の近くで花札がひらひらと舞うのを、ちあきは茫然と眺めた。

何か透明な糸のようなものが、花札に向かってのびていく。それがどこからのびてきたのか目で追って、ちあきは仰天した。

透明な糸は、ちあきの胸から出ていた。

「何これ?!」

吹き寄せられていた花札に、その透明な糸が届く。

『ああ、つながっちゃった』

『でも、千代君じゃないね』

『うん、ちがう子』

『そうだね、従う必要はない』

ちあきが茫然としているあいだにも、透明な糸は何本ものびて、ふわふわと浮かんでいるすべての紙片と繋がってしまう。浮かんでいた紙片はすべて花札のようだ。

透明な糸が花札に届いて中に入っていくように見えた。

『この子じゃ無理でしょ』

『そうだな。誰か探そう。役に立ててくれる誰か』

『それがいい。我も行く』

『あっ、我も』

『我も』

我も我もというのはこのことか、とちあきは思った。

すべての花札に、ちあきからのびた透明な糸が繋がった。

『このままでは支配されてしまう』

最初の声が忌々しげに言った。

『そうだね。早くしないと、あの子と完全につながっちゃうよ』

『そうか、……七尾の家の、兄がいる娘か。この娘にも、兄がいる……』

一枚の花札が羽ばたくようにひらひらした。

『早く行こう』

『お役に立てるところに行きたい』

『我々は役に立ってこそだから……』

『我は汝《なれ》らのように、ヒトの役に立つつもりなどないぞ』

最後に、厳めしい声が、頑固に言い張った。

『じゃあ別行動だな』

『どこまで行けるかなぁ』

『さよなら』

いくつかの声が、次々に、さようなら、と告げる。

浮かんだ花札がくるくるとまわったかと思うと、鋭い風が吹いた。

次の瞬間、花札はすべて消え、床には血を流して倒れた兄と、古い紙片が散らばるだけだった。

「お、お兄ちゃん……お兄ちゃん……」

花札が去ってしまってから、ちあきは我に返った。兄はただ、倒れている。そして、大きな動物も。

「きゅ、救急車……」

動物が何か、ちあきにはよくわからなかった。倒れてぴくりとも動かないから、怪我をしているかもしれない。獣医の兄ならすぐに助け起こしただろう。だがその兄は血を流して倒れている。まず兄をなんとかしなくては。ちあきは焦りのあまり、立ち上がろうとして転びかけた。

「だいじょうぶか」

十九郎が引っ張って支えてくれる。ちあきは思わず彼を見上げた。震える手で十九郎の腕を摑《つか》む。十九郎の着物が、血で汚れた。

「わ、わたし、救急車よぶから、お兄ちゃんについてて」

つっかえながら言うと、十九郎はどこか痛いかのような顔をした。彼も怪我をしたのだろうか。手当てをしなければ、救急車をよんで、それから……それから……

「待て、……これは、」

再び立ち上がろうとしたちあきを、十九郎は止める。その視線は千春に向けられていた。

「この傷は、病院に連れていけば治るってもんでもねえ」

「え、な、なんで……」

ちあきが茫然《ぼうぜん》とすると、十九郎は膝《ひざ》をついた。両腕をのばして千春を抱え起こす。片腕で千春を抱えると、もう一方の手で千春の真っ青になった顔に触れる。

「しかたねえな。家臣の粗相は、主君が詫《わ》びるしかねえ」

そう言うと、十九郎はちあきを見た。「すまん。謝っても許されることじゃねえが……俺にできるだけの償いはする」

十九郎は千春の顔に手を押しつけた。ちあきはそれを見ている自分が震えているのに気づく。

兄はどうなってしまったのか。病院で治らないとは、どういうことなのか。心臓がどくどくして、頭がぐらぐらした。兄は死んでしまったのか……？

「わが魂魄《こんぱく》にて、この身を救う。こたびの傷よ、我により閉じよ」

そう呟《つぶや》いた十九郎の姿が、ふわりとかき消える。同時に、床に流れていた血がすうっと千春に戻っていく。

「あっ……？」

ちあきは驚きの声を上げた。手を濡《ぬ》らしていた血が、きらきらと光りながら兄に吸い込まれて消えた。

支えていた十九郎が姿を消したのに、千春の体は起き上がったままだった。

「お兄ちゃん……！」

「おっ、うまくいったな」

起き上がった兄が、兄らしくない乱暴な調子で言う。

その声は兄の声ではなかった。

「お兄ちゃん……？」

ちあきは戸惑いながら呼びかける。

「や、違うぜ」

振り返った兄は、今まで見たことのない表情をしていた。

「……お兄ちゃん、……？」

ちあきはまばたいた。

「説明はあとでする。ちょっと待ってくれ」

そう言うと兄は立ち上がり、簞笥《たんす》の脇で倒れている動物に近づいた。

「お兄ちゃん、……痛くないの？　あのひとは、どうしたの？」

「おい、だいじょうぶか、常葉」

動物の傍らに膝をついた兄は、その動物に手をかけると、軽く揺すった。

ちあきは改めて、横たわる動物をまじまじと見た。

「ねえ、お兄ちゃん、……それって、ねこ……？」

形は猫だ。――形だけなら。

その猫は、大型犬のように大きかった。以前に友だちの家で飼っていた秋田犬を見たことがあるが、それより大きい。

ネコ科のほかの動物ともまた違う。ネコ科の動物、たとえばトラやヒョウならちあきも動物園で見たことがある。しなやかで獰猛《どうもう》に見える動物たち。

だが、そこにいる動物は、猫をそのまま巨大化したような大きさと形なのだ。

ネコ科のほかの動物ではなく猫だと思ってしまうのは、頭についた耳が尖《とが》っているからだった。ピューマも三角耳だが、ピューマのように鼻面が前に出ていない。完全に、猫の顔をしていた。どちらかというとオオヤマネコだ。しかし写真でしかオオヤマネコを見たことがないちあきには、オオヤマネコより大きく思えた。

ぱちりとあいた目は、きれいなみどりだった。

「常葉」

呼びかける声に、大きな猫がぴくりとした。

猫はすぐに目を大きくひらく。

巨大な猫はのそのそと起き上がり、兄を見て、にゃあんと鳴いた。

「変化《へんげ》できねえのか」

問いかける声は、兄の声でないように聞こえた。ちあきは訝《いぶか》しんだ。聞き覚えがないとは言い切れない声は、十九郎の声のように聞こえたのだ。

巨大な猫は、どことなくしょんぼりして見えた。じいっと兄を見て、悲しそうな鳴き声をあげる。

「怪我はしてないのかな」

ちあきも近づいて、兄を見た。兄の姿をしているのに、顔つきは兄ではない。さっき目をさましたときとは違う顔立ちになっている。兄はその顔に複雑そうな表情を浮かべた。

「まあ、こいつは頑丈なのが取り柄だから」

ちあきはそう言う兄をじっと見つめた。

「ねえ、……お兄ちゃんじゃないよね……？」

ちあきが問うと、巨大猫がびくっとした。猫は兄の腕に手、……ではなく、前肢《まえあし》をかけて、何かを訴えるように鳴く。

「しかたねえだろ。こいつ、怪我しちまってたし」

今や顔つきが十九郎になってしまった兄が、自分の胸に手を当てて弁解した。

兄だったはずだ。だが、十九郎だ。きょう会ったばかりで言葉を交わしたのもわずかだが、十九郎は印象の強い男だ。もはや目の前にいるのは兄ではなかった。兄の服を着ているが、十九郎の顔をしている。体つきも変わったように見えた。ちあきは混乱した。兄はいたし、十九郎もいた。なのに今、目の前にいるのは、兄の服を身に着けている十九郎だ。どういうことなのか。

「にゃー……」

巨大な猫はちょこんと座ると、うなだれた。

大きな猫というと、インターネットなどの画像検索で出てくる大きな猫は、だいたい太っていて、大きい。あるいは画像加工で大きくしているか。

だがこの猫は、本当に、ただの猫をそのまま拡大したようにしか見えない。遠近感がおかしくなりそうだ。

「そうしょんぼりするなって」

兄、ではなく、十九郎は、猫の背中を撫《な》でた。それでも猫がうなだれたままなので、ぽんぽんと軽く叩《たた》くと、そっと抱き寄せた。

あっ、いいな、とちあきはぼんやり思った。兄のことを考えても、どうしても結論が出ないので、目の前の猫に気持ちがいってしまう。

猫は好きだ。兄は獣医だが、動物を好きなら飼わないほうがいいと言う。昔はともかく、今のちあきには、動物が人間より寿命が短くて早く死んでしまうのが悲しいのも理解できている。だから、動物を可愛いと思っても、遠巻きに見るだけだ。いくら可愛がっても動物は必ず自分より先に死ぬことや、死ぬ前に苦しむかもしれないことを考えると、どうしても飼いたいとは思えなくなっていた。

しかし理屈ではわかっていても、猫のかわいらしさは格別だ。隙あらばさわりたい、撫でたいとも思う。以前に伯母《おば》の家で飼っている猫をさわったことがあるが、ひとなつこい猫で、存分にさわらせてくれたし抱っこも嫌がらなかった。膝に載せるとぬるぬると動いて、あたたかくてもふもふして可愛かった。猫は最高だ。猫を飼ってみたいと思ったことは一度ならずある。

そんな猫、――しかもとても大きな猫が、しょんぼりしているのだ。撫でて、慰めたかった。そうでなくとももふもふの毛にさわりたかった。この大きな猫の毛は不思議な色で、金色にも見える茶色のようだ。模様はない。毛は長くないが、やわらかそうだ。きっとさわったらもふもふとしているだろう。さわりたい。お兄ちゃんもいたら、一緒にさわれたのに。

「ねえ、……」

ちあきはそろそろと手をのばした。兄のことは心配だが、十九郎が説明すると言ったからには待つしかない。そう考えてしまうと、目の前の大きな猫にどうしてもさわりたくなってきた。

十九郎の抱きしめている猫の背にそっとふれる。猫がびくっとして振り向いた。ちあきもそこで止まった。だが、ちあきと見ると、猫はなんとも言いがたい顔をした。動物でも表情はあるのだ。猫は困っているように見えた。

「ねこさん……おっきいね」

そっと撫でると、猫は鼻先を十九郎に向けた。

「常葉。そろそろ変化できるだろう」

十九郎が告げると、猫はするっと十九郎の腕から抜け出て、簞笥の横に隠れた。それを機に十九郎が立ち上がったので、ちあきもつられて立ち上がる。

ちあきたちの場所からは簞笥が陰になって大きな猫の姿は見えない。ただ、長いしっぽがはみ出している。

そのしっぽが、すうっと消えた。簞笥の陰に消えたのではない。空気にとけるように消えたのだ。ちあきは目をしばたたかせた。

常葉と十九郎をはなれに連れてきてからいろいろなことが起きて驚いてばかりいたが、さらに驚いた。

すぐに、簞笥の陰から常葉が出てくる。美しい男は、不機嫌そうな顔をしていた。何かに怒っているようだった。

「何故、そんなことをした」

彼は早足で十九郎に詰め寄った。十九郎はなだめるように、自身の胸のあたりに両手をあげ、手のひらを常葉に向けた。

「まあまあ。緊急事態だ」

「まあまあじゃないッ！　貴様、……貴様、何をしたかわかっているのか！」

「もとはといえばおまえのせいじゃん」

十九郎がそう言うと、常葉は、うっ、と言葉を詰まらせた。

「そ、それは……すまないと思っている……」

ちあきはぽかんとしてふたりのやりとりを見た。何を言っているのか。

あの大きな猫はどこへ行ったのか……まさか。

十九郎は、あの大きな猫に向かって、常葉、と呼びかけていた。

「もしかして常葉さん、猫になるの？」

さすがに中学生になったので、そんな非現実的なことを口にするのはためらわれた。

しかし、兄がいなくなって、着物を着ていた十九郎が兄の服を身に着けている。目の前にいるのは兄だったのに、十九郎の外見で、兄の服を着た別人だ。

これは夢なのだろうか？　もしかして、まだキャンプから帰ってくるバスの中で寝ているのだろうか。

「……猫になるわけではない」

「こいつ、猫なんだよ」

常葉と十九郎の声が重なった。

「え？」

ちあきが戸惑うと、十九郎はニヤニヤした。

「おい、ジューク」

常葉がキッと十九郎を睨《にら》みつけた。

「ねえ、……お兄ちゃんは？　どこいったの？」

大きな猫も気になったが、常葉と十九郎が揃うと、俄《にわか》に不安になってきた。何より兄だ。

兄は怪我をしていたのだ。

なのに、ここにいるのは十九郎だ。ということは、兄はどこへ行ったのか。

「ここにいるぜ」

十九郎が、自分の胸を握った拳《こぶし》の親指でとんとんと叩く。

「いるって……」

「愚か者め」

常葉は吐き捨てた。「分魂の術など、生涯に一度しか使えぬものを」

「どういうこと……」

「あー、つまり、俺がおまえの兄ちゃんの体に入って、傷が進むのを止めたんだよ」

十九郎の言葉が、理解できない。

「入って……？　入ったって……」

「お嬢さん、——ちあきさんだったか。すまない」

常葉は険しい顔を和らげると、ちあきを見てつづけた。「最初から詳しく話せばよかった。今、君のお兄さんの中には、俺の主君の猫宮十九郎が入っている。お兄さんの怪我が、……ひどかったんだな？」

「うん。死にかけてたぜ」

最後の問いは十九郎に投げかけられたものだった。それに十九郎は気安くうなずく。

「し、……って……！」

ちあきは動揺した。十九郎をまじまじと見る。

「だけど今はだいじょうぶだ。このまま俺が入っていれば死なない」

「入ったって、どうやったの？　お兄ちゃんどうなるの？　そ、それより、あなたたち、誰なの……！」

ちあきは混乱して、半泣きになって叫んだ。「お兄ちゃん……！　お兄ちゃんは……どこに行ったの！」

とにかくきちんと説明してほしいと、ちあきはふたりを連れてはなれを出た。兄が持っていた鍵《かぎ》を十九郎から渡されて、ちあきが施錠した。

母屋に戻って、リビングの窓をあける。リビングは改装する前から洋間だが、和式の座敷のように窓から外に出られるのだ。しかしリビングへふたりをあげる気にはならず、窓ぎわに座らせる。ふたりとも背が高く脚が長いので、置かれた沓脱石《くつぬぎいし》を避《よ》けて腰掛けた。

「どういうことなの？　説明して！」

ふたりの前に仁王立ちして、ちあきはキッと睨みつけた。

十九郎はもじもじしているが、顔を伏せていた常葉が、溜息《ためいき》をついた。次いで、その顔を上げる。

「本当に、君と君のお兄さんには申しわけないことをした。すまない」

ちあきは何も言わなかった。すまないと言われても、血を流して倒れていた兄を思い出すと、いいよ、とか、気にしないで、とは返せない。

「君のお兄さんは今、こいつ、……猫宮十九郎が乗り移っている。それで、瀕死《ひんし》の状態ながら動かせているといったところか」

常葉は隣に座る十九郎を見た。十九郎はうなずく。

「まあ、そういうことだ」

「瀕死……お兄ちゃんは死にかけってこと？　そんなひどい怪我をしたの？」

「ひどい怪我だけど、怪我のせいってよりは、」

問いに答えたのは十九郎だった。「魂を半分、持って行かれてる。死にかけなのは、そのせいだ」

魂、と言われて、ちあきは戸惑った。

「どこから話せばいいか……」

常葉は困ったようにちあきを見上げた。

「ぜんぶ！」

兄が心配すぎて、ちあきは思わず叫んだ。すると常葉は表情を引き締めた。

「では、最初に、この十九郎は、俺の主君だが、猫神使いだ」

「そこから話すんだ……」

十九郎がやや呆《あき》れたように呟《つぶや》いた。常葉はそれをじろりと横目で見たが、咎《とが》めることはせず、すぐにちあきに視線を戻す。

「猫神使いなのは、俺が猫神で、こいつに仕えているからだ」

「ネコガミってなに」

猫ならわかるがネコガミなど初めて耳にした。

「猫の神さま」

答えた十九郎がつづける。「こいつは猫神の一族から俺の家に来て、二歳のときから俺に仕えてるんだ。それで、……」

「いいから」と、常葉が止めた。「それで、今まで言ったことに嘘はない。こいつの家に伝わる宝が、君の大叔母《おば》さんの千代さんに内々の結納として与えられたが、婚儀が成らなかったので、それを返してほしくて来た。あれは、……」

そこで常葉は言い淀《よど》む。

「あれ、花札なんだけどよ」

すると、まるで十九郎がバトンを受け渡されたかのように言葉を継いだ。「ふつうの花札とは違って、神獣が封印されてるんだ。おまえの大叔母さんを守るために、俺のじいさんが封じたんだよ」

そこで十九郎はニヤニヤした。もはや兄の顔ではないが、兄の面影も残っている。兄のそんな顔を見たことがないので、ちあきはおかしな気持ちになった。兄はそんな顔をしない、と強く思う。本当に、兄の体に十九郎が入っているのは事実だと考えるしかなかった。

「神獣っていっても、あやかしに、守護の役割を与えて格を持たせただけだから、まあ、もとはあやかしだよな」

「神獣とかあやかしって何？」

「こいつもあやかしだ」

ちあきが問うと、十九郎は横にいる常葉を指した。

「ひとを指さすな」

常葉が十九郎の手をはたく。十九郎はすぐに手を引っ込めた。

「ひとじゃねえじゃん。──こいつはひとの姿に変化《へんげ》できるんだ」

「へんげ……じゃあ、人間じゃないの？」

変化は変身のようなものかとちあきは考えた。

兄が倒れてから、いや、箪笥《たんす》の戸棚をあけて取り出した缶から兄が花札を見つけたときからおかしなことばかり起きている。もはやちあきの頭は混乱から脱せていない。だが異常な事態に直面しているからか、やけに頭が冷えてきた。そのうえ、腹も立ってきた。

このふたりが訪ねてこなければ、こんなことにはならなかったはずだ。

「さっきの猫の姿が本性」

「常葉さん、猫さんなんだ」

ちあきが言うと、常葉は、うっ、と息を詰まらせる。

「そ、そうだ。……嘘はついていないと言ったが、姿は偽っていたな。すまない。だが、こちらの姿も俺そのものだ」

「それはいいけど」

兄は嘘をついてはいけないとちあきに言い聞かせたが、結果的に言われたことが嘘になってしまったとき、素直に謝られたら、怒らずに許したりするのも大切だとも言っていた。なのでちあきは、常葉を咎めるのはやめた。

「それより、十九郎さんはお兄ちゃんから出て行ってくれないの？　怪我をしてるなら病院に連れていかないといけないんじゃないの。手当てをさせてよ」

「だから無駄だって。さっきも言ったろ？　こいつは怪我はともかく、魂の半分を持って行かれてる。おまえも見ただろ。ぱかっと割れたの」

「あれ……あれが、お兄ちゃんの魂……なの……」

兄から出てきた珠《たま》がぱかっと割れたのをまざまざと思い出して、ちあきは茫然《ぼうぜん》とした。

「そ。神獣があんなふうに出て行けたのも、こいつの魂を分けて使ったからだ。逃げ出したが、おまえの兄ちゃんの魂を使っているから、兄ちゃんから遠く離れることはできないと思うぜ」

十九郎の説明は大雑把だった。常葉は何も見ていないから、説明ができない。もどかしそうな顔をしている。

「お兄ちゃん、どうしてるの？」

「寝てる。魂が半分のままなら、しばらくは俺がこの体に宿ってないと動くのは無理だろうな。意識も、はっきりするのはちょっと無理だ」

「じゃ、じゃあ、どうすればいいの……」

兄はいるが、いない。そう考えて、ちあきは怖くなってきた。

この家に兄とふたりで住むのは怖くはない。だが、兄がいないなら、自分はひとりになってしまう。ひとりきりでここに暮らすのか。

茫然と、ふたりの向こう側を見た。広いリビング、二階へつづく階段、廊下、書斎……

ひとりで？

いつも寝る前にふたりで戸締まりを確認した。ちあきひとりでやると見落としているかもしれないと心配になるからと兄は言った。でも僕も見落とすかもしれないし、ふたりで見廻《みまわ》ればいいよね、と兄が言うので、いつも一緒に、ふたりで家のあちこちを見てまわったものだ。朝食は適当にそれぞれ食べるが、お弁当は作ってくれたし、夕食もいつも兄が何かしら用意してくれた。歳の離れた兄は、ちあきの何もかもを世話してくれた。

そんな兄が、いないのだ。

「お兄ちゃんを返して！」

ちあきは叫ぶと、十九郎の腕を摑《つか》んで揺さぶった。

「お兄ちゃん……！」

「お、おい」

涙が出てきた。死にかけている兄の体。どうしたら、元に戻れるのか。さっきまでそばにいたのに。いつも自分を気にかけてくれた兄。どうして。

涙目で十九郎を睨《にら》みつけると、その顔が徐々に変化し始めた。

十九郎の男らしい顔が、ゆっくりと、穏やかな顔に変化していく……。

「……ちあき」

名を呼んだのは兄の声だった。今や、ちあきが摑む両腕も、十九郎の逞《たくま》しさとは違って、いつもの兄の腕になっていた。

「お、お兄ちゃん……？」

ちあきは目を瞠《みは》って、兄を見た。

目の前にいるのは、兄だった。

「……ごめん、頭が痛くて……うまく話せない」

横の常葉も、驚いたように兄を見つめている。

兄は、どこかつらそうな顔をちあきに向けた。それでも無理に笑顔を作ってみせる。

「このひとが、僕の中に入ってきて、……なんとかなっている感じだ」

「頭が痛いなら、病院に行こう。救急車……」

「いや、このままのほうがいい」

兄はつらそうな顔をしつつも、ちあきを止めた。

「なんで！」

「このひとが考えていることが、僕には少し、わかるんだ……もちろん僕の考えてることも伝わってると思うけど……」

兄は、深く息を吐いた。「僕はあの花札に封じ込められていた、神獣に、怪我をさせられた」

兄の語り口調はゆっくりしていた。怪我がつらいのだろう。どれほど痛いのだろう。そう考えて、ちあきは涙が流れるのを止められなかった。

「お兄ちゃん、……でも……」

「人外化生に負わされた傷は、霊傷という。霊傷は、ただの手当てでは治りきらない」

常葉が低く告げた。「傷口は塞《ふさ》がるが、中の傷はいつまでも残って痛む」

「うん……そう、このひとが、……十九郎が、教えてくれたよ」

兄が、うなずいた。「僕の傷は、頭だから……頭がいつまでも痛くなってしまう」

「そんな、……」

ちあきはぎゅっと手を握りしめた。

「それに、……怪我のせいもあると思うけど……今の僕はとても眠くて、こうして起きて話すのもやっとなんだ……だから、怪我が治るまでのあいだ、しばらく十九郎に代わってもらおうと思う……」

「それで怪我は治るの？」

つまり、十九郎に体を委ねて、兄の意識は眠るのだ。ちあきはそう理解したが、病院で治せない霊傷が気になった。怪我が治らないとは、いつまでもなのだろうか。だとしたら、兄はいつまでも痛いままなのか。

「そう、らしい……」

兄はそう答えた。「しばらくこのままいたほうがいい、と……」

「って、お仕事どうするの、お兄ちゃん」

ちあきは気づいて、思わず声をあげた。「動物病院……」

「……」

兄は黙った。困ったような顔をしたかと思うと、ふっ、と目を閉じる。

次の瞬間、兄の顔つきがゆっくりと変化して、十九郎になった。摑んだままだった腕も逞しさを増している。ちあきは手を離した。

「お兄ちゃん……」

「なあ、おまえの兄ちゃん、ブラック企業に勤めてるの？」

十九郎が、不思議そうな顔をした。

「……そこまでは聞いてなかったけど、あんまりよくないって……」

ちあきは答えた。

兄は獣医で、動物病院に勤めている。町外れの大きな病院で、そこには毎日、たくさんの動物が訪れる。この地方ではいちばん大きいと言われ、エキゾチックアニマルと呼ばれる爬虫類《はちゅうるい》も扱っているので、遠くから来る飼い主もいた。

だが、拘束時間は長いし、反して月給は安い。以前、労働基準監督署が入ったほどだ。それが何を意味するかはちあきにはよくわからない。兄も言葉を濁していた。

以前からちあきも、兄が今の職場に不満があるのは知っていた。両親と会話していたときに、確かにブラック企業と言っていた。

「ブラック企業だから、この機に辞めてしまいたいって言ってるぜ」

十九郎が告げた。「おまえの兄ちゃん、半分寝てるみたいな感じになってる。話しかけたときに、運がよかったら答えてくれるみてえだ」

ちあきはがくりと肩を落とした。

「そんな……」

兄が働かなくても、ふたりが生活するのは困らないはずだ。家はあるし、生活費は、両親が毎月振り込んでくれる。光熱費などの公共料金も両親がクレジットカード払いにしているから問題はない。

だが、……兄がいないなら、ちあきはひとりで暮らさなければならないのだ。買いものも、料理も、洗濯も、掃除も、町内会に出るのも、自分でしなければならない。しかしそんなことより、ちあきは、兄の不在を思うと、心細くなった。不安なのもあったが、淋《さび》しい。兄が長くいないなど、今までなかったことだ。ちあきが生まれたときから、兄はちあきとともにいてくれたのだ。

兄がいない。

「わたし、ひとりになっちゃう……」

ちあきはその場に頽《くずお》れた。涙が溢《あふ》れる。

「お兄ちゃんがいないと淋しいよう……わたし、毎日カレー食べるのも、自分で掃除も洗濯もするのはいいけど、……お兄ちゃんがいないとやだよ……」

ちあきは泣きわめいた。

ひとしきりうずくまって泣くうちに、お腹が空《す》いてきた。ちあきは立ち上がる。

黙っていた十九郎と常葉は、露骨にホッとした顔になった。

「まあ何はともあれ、俺たちが兄ちゃんの代わりになってやる。きょうからここに住まわせてくれ」

「それ、どういうこと？」

ちあきは涙で汚れた顔を手の甲で擦《こす》って、十九郎を見た。

「いや、……その、さっきの花札だが」

今度は常葉が口をひらく。「回収して、持って帰らないとならない」

「回収するのはいいけど、それでなんでうちに……」

「そうすれば君のお兄さんの魂も戻ってくる」

ちあきはハッとした。常葉はうなずく。

「今のようにお兄さんに十九郎が入ったままで、さらに君がそばにいれば、霊傷も治る。家族のそばにいれば霊傷は必ず治るんだ。だが、魂が半分になってしまっているから、体が治っても目をさますとは限らない」

「じゃ、じゃあ、早く回収して！　お兄ちゃんの魂を取り戻して！」

「もちろん、努力する」

「おまえも、回収するの、手伝ってくれよ」

常葉の答えと十九郎の声が重なった。

「えっ、なんで！」

「何を言うんだ、貴様」

ちあきは驚きの声をあげた。常葉が十九郎を咎《とが》める。

「いや、おまえ、気絶してたから見てないだろうけど」

十九郎は常葉に向き直った。「こいつ、花札と繋《つな》がってるぜ。花札の術式が起動したみたいだ」

「なんだと」

常葉はぎょっとしたようにちあきを見た。

起動だなんて、パソコンみたいだなとちあきは思う。

「だから、回収するなら、こいつがいたほうがいいだろう？　まあ、この兄ちゃんの体だけでもいけると思うが……」

十九郎は常葉を見てそう言うと、今度はちあきに視線を向けた。

「起動したならば……今は彼女が、かりそめにでも花札の主《あるじ》か」

常葉は困り気味に眉《まゆ》を寄せ、ちあきを見る。

ふたりの会話の意味が、ちあきにはまったくわからない。じっと見られて居心地がわるかった。ふたりとも見た目はとてもいいが、視線が集まるとみょうにそわそわしてくる。

「それに、おまえ、兄ちゃんが心配だろ？」と、十九郎はちあきを見てつづけた。「俺がこうやって入っていれば兄ちゃんの体はもつが、怪我は、おまえのそばにいねえと治らねえんだしさ」

確かに常葉に説明されて理解してはいたが、会ったばかりのふたりと同じ屋根の下で暮らすのは、どうしても抵抗がある。

「ぜんぜん知らないひとと一緒に生活なんて無理だよ……！」

「その気持ちはわかる」と、十九郎はうつむいた。「兄ちゃんも、中でめっちゃ怒ってるぜ。妹に手を出したら殺すって言ってる……出すかよ、こんながきに」

がきと言われてちあきはムッとした。

「お兄さんの心配ももっともだ」

常葉は溜息《ためいき》をついた。「どうやら君とお兄さんは、よい関係のようだ。いいことだ」

「でも、やだよ、……」

怖い、という言葉を、ちあきはのみ込んだ。ふたりに弱みを見せるのはどうしてもいやだった。

「もちろんそうだろうな。だから君は自分の部屋に厳重に鍵《かぎ》をかけて寝てくれ。俺たちはこの部屋で横になれれば充分だ。俺はこいつのお目付役だから、こいつが君に不埒《ふらち》なことをしようとしたら徹底的に止める。絶対に止められるから安心してくれ」

「何言ってんの……」

意味がわからない。見も知らない男ふたりと同じ屋根の下で暮らすなんて。ひとりは兄の体にしろ、中身は今は知らない男なのだ。

「無理だよ」

ちあきは首を振った。

「近くにいれば時間はかかっても治るから、あのはなれで寝起きしてもいいんじゃねえの」

ぼそぼそと十九郎が告げる。「兄ちゃんはそのあいだ、ずっと痛いようだけど」

つまり、治るのが遅ければ遅いほど、兄が苦しむ期間が長くなるということだ。ちあきは唇を噛《か》んだ。

「あとでご両親にも説明を……」

「お父さんもお母さんもいない」

常葉が言いかけたのを、ちあきは遮った。すると、うつむいていた十九郎が顔を上げた。

常葉とともに、困った顔をする。

「そうか……さきほど、君は、お兄ちゃんがいないと淋しいと言っていたが……ご両親がいない、とは……」

口を開いたのは常葉だった。「もしや」

「ふたりとも海外出張してる。次に戻ってくるのはお正月なの。もしかしたら戻れないかもって言ってたけど」

それより、とちあきはふたりを代わる代わる見た。「ねえ、本気でふたりとも、うちに住む気なの？　あのはなれ、電気もガスも水も止まってるから、生活するのは無理だよ」

「だったら母屋で寝起きさせてくれよ。これはおまえの兄ちゃんの体だぜ」

十九郎は、ひとさし指で、とんとん、と自分の頭をつついた。「さっきも言ったろ？　家族のそばにいねえと霊傷は治んねえのに、あのはなれもだめで、この家にも住むなってことか？」

その言葉に、ぐっ、とちあきは喉《のど》を詰まらせた。

「そっ、そんなこと言ったって、全然知らないのに……！」

「それに俺たち、ここに来て、すぐに花札を返してもらって帰ろうと思ってたから、寝泊まりする場所はこの近くにはないんだぜ。なのに追い出すの？」

追い出すのか？　ときつく問われていれば反論のしようもあった。追い出すの？　などとみょうに可愛らしい雰囲気で問われ、しかも上目遣いで見られると、自分が悪いことを言った気がしてくる。

「ちあきさん」

常葉が口をひらいた。「君の気持ちも、言いたいこともわかる。見も知らない男をふたりも家にあげるなど、君からしたらさぞ怖ろしいだろう。だが、その心配は無用だ。俺はあやかしで、こいつのお目付役だから、……さっきも言ったが、こいつが君に不埒なことをしようとすれば、絶対に、半殺しにしてでも止める」

きれいな男に真顔で告げられ、ちあきはドキッとした。何も、常葉の美貌《びぼう》にときめいたのではない。自分がふたりを怖がっていることを見抜かれて焦っただけだ。

「怖くなんかないよ。いやなだけ」

それに、半殺し、とは。さすがにその言葉の意味くらい、ちあきにもわかった。

「……君はカレーしか作れない、と言ったな」

常葉は真顔のままつづけた。「そして、両親はいないと。俺たちを追い出したら、毎日カレーを食べて過ごすことになるのではないか？」

「お茶漬けだってつくれるもん！」

「お茶漬けって、つくるようなものか……？」

十九郎が呟《つぶや》いた。

「それでは栄養が偏ってしまう」

常葉が諭す。「それに、この家は広いようだ。掃除も自分でできると言っていたが、家政をすべてひとりでやるのはつらいのでは？　君はいくつだ？　学校もあるだろう？」

家政と言われてちあきはきょとんとした。だが、家事のことだと察する。

「もうすぐ十四歳だよ。家事はできるよ！」

とはいえひとりでこの家をすべて掃除すると考えると気が遠くなりそうだった。リビングに掃除機くらいかけるし、自分の部屋は自分で始末をつけられているが、それ以外のところはどうすればいいのだろう。風呂《ふろ》掃除やトイレ掃除もたまにするが、積極的にしたいとは思えない。でも、しないと汚れてしまう。今さらながらちあきは、清掃業に就いているひとたちに尊敬の念を抱いた。

「すべてを俺がやると言ったらどうだ？」

ちあきは驚いた。

「すべてって、……何をどれだけ？」

おそるおそる訊《き》くと、常葉は微笑んだ。

「俺はたいていなんでもできる。料理も……少しだけなら、カレー以外も作れる。たまねぎなど、においの強いものを扱うときは気をつけないとならないが……」

「猫にたまねぎとかネギはだめなんだぜ」

十九郎が笑った。

「知ってる。お兄ちゃんが教えてくれた」

「おまえの兄ちゃん、獣医なんだな。いいやつだな」

いいやつ、と言われて、ちあきはうれしくなった。大好きな兄を褒められるのはうれしいことだ。

しかし、兄は今、怪我をして眠っている。ちあきはそう考えるだけで、悲しくなった。

我ながら、感情が激しく上下するので、疲れてきた。

「お兄ちゃん……ほんとに、あなたがお兄ちゃんに入ってたら、怪我、治るの？」

「ほんとほんと」

軽々しく十九郎は請け合った。信用できない。ちあきは十九郎を睨《にら》みつけた。この態度ではなかなか信用できない。

「……すまない、ちあきさん。こいつはこんなだが、悪いやつではないんだ」

常葉が謝った。ちあきは十九郎から常葉に視線を移す。

「そんなこと言ったって……」

ちあきは困ってしまった。

兄はいるが、いないようなものだ。だとしても、痛い思いをしているかもしれない。このふたりを、――十九郎を追い出すことは、兄にさらにつらい思いをさせるのではないか。

しかし、十九郎だけを家に上げるのもいやだ。どうにも信用できない。となると、まじめそうな常葉も一緒にいたほうがいいだろう。そこまでは、考えられる。

だが、……

「どうしたらいいかわかんない……」

もうすぐ十四歳で、子どもではないと思っていた。なのに、ちゃんとした判断ができない。やっぱり自分はまだ子どもだと、ちあきは思い知った。

「おい、どうする？」

十九郎が、口をひらいた。うつむきかけていたちあきは顔を上げる。しかし十九郎は横の常葉を見ていて、自分に向けられた言葉ではないとすぐにわかった。

「どうもこうもあるか。この子の気持ちもわかる。俺たちは突然来て、兄に怪我を負わせ、そのうえここに住まわせろと言っているんだぞ。理不尽にもほどがあるだろう。簡単に、どうする、などと訊くな。答えられるものか」

常葉は、まるで親が叱るように十九郎を諭す。十九郎を主君だと言っていたわりに物言いが厳しいのは、お目付役だからか。説教じみていたが、ただ手厳しいだけでなく、筋が通っていた。

だからか、十九郎も反論しない。だが、ややムッとした顔になった。

「……すーぐ説教するんだから」

「おいっ」

しばらくして発された十九郎の拗《す》ねたような呟きに、常葉が顔を険しくさせる。きれいな顔が、そうすると凄《すご》みがあった。

険悪な空気が漂う。

「ねえ、ちょっと……喧嘩《けんか》は……」

やめて、と言おうとしたとき、ちあきの腹が、キュルッと鳴った。

キャンプから帰ってくる途中に寄ったドライブインのレストランで食事をしたあと、バスの車内ではお菓子も尽きてずっと寝ていたので、何も食べていなかったのだ。

「へえ、これおまえの兄ちゃんがつくったの？　旨《うま》いな」

気がつくと、食堂まで十九郎と常葉が上がり込んでいた。

食堂の奥が台所になっている。祖父が生きていたころに新しくしたもので、老人の独り暮らしでは危ないからと、ガスではなくＩＨだ。

兄がつくってくれた料理はまだ盛られてはいなかった。おかずを三等分したのは、ふたりぶんも食べられそうになかったのと、ふたりを前にして自分だけ食べる気になれなかったからだ。

「……いいのか、本当に」

「もういいよ」

食堂のテーブルに膳《ぜん》を整えると、十九郎は手前の席にさっさと座っていただきますと言って食べ始めたが、常葉は困ったようにちあきを見た。

「食べてくれないと、わたしも食べられないよ」

泣いた顔を、ちあきはシンクで洗ってきれいにしていた。いくら人知を超えたいろいろなことが起きたとしても、人前で泣いてしまったのが恥ずかしくて、どうしてもぶっきらぼうになってしまう。

「それとも、常葉さんは人間のごはん、食べられないの？　たまねぎは入ってないでしょ」

「たまねぎは食べられないわけではない。食べるともとに戻れなくなるだけだ」

常葉は苦笑した。それから箸《はし》を手に取って食べ始める。

「……お兄ちゃんの代わりをしてくれるなら、ふたりとも、いてもいいよ」

それを見ながら、ちあきは告げた。しかしいろいろと気をつけなければならないだろう。ひとりは兄の体に宿っているだけとはいえ、どちらも中身はまったく知らない他人なのだ。

時間に余裕のあるとき、朝食はパジャマで食べていたが、ちゃんと制服に着替えてからにしようと決意する。

「……いいのか」

何故か常葉は、箸を止めると、窺《うかが》うようにちあきを見た。

「どっち？」

ちあきは食べていた豚肉の生姜《しょうが》焼きをのみ込むと、じろりと常葉を見た。

食べ始めたばかりで、お腹は空《す》いている。食べている最中に複雑な話はしたくなかった。

食事を始めてわかったが、ちあきは、少しばかり腹が立っていた。十九郎はマイペースで、何も気にしていないように見える。常葉が十九郎に強く言ってもまるでこたえないのは、さっきのやりとりを見てわかっていた。

こんなふたりに弱腰になっているのもばかばかしい。兄が怪我をして痛い思いをしているかもしれないと思うとますます腹が立ってくる。

家に上げてもいいと思ったのは、お腹が空いていて、もうどうにでもなれと思ってしまったせいもある。それに、しばらく両親と連絡は取れない。伯父《おじ》夫婦に連絡することも考えたが、伯父たちがいても、このふたりを追い出すしかできない。それは自分でもできる。

問題は、ひとりの片割れが兄であることだ。ややこしい。

兄が心配だ。十九郎はうさんくさいが、今は兄なのだ。それを考えて、ちあきは、十九郎と常葉を家に入れると決めた。決して、お腹が空いていたからだけではない。

「うちにいたほうがいいの？　いたくないの？」

「いや、いさせてもらえるならありがたい」

「さっき言ってたよね。常葉さんはなんでもできるって」

「さんは要らない。名で呼んでくれれば」

そう言うと、常葉はにっこりした。

いつも家族の誰かが使う箸で、いつもの茶碗《ちゃわん》を手にしていても、微笑むと常葉は綺麗《きれい》だった。こんな綺麗なのになあ、とちあきは思う。実は大きな猫なのだ。それに、きれいな男を見るのは好きだが、生活に入ってこられるのはなんだか落ち着かない。TV画面の向こうや雑誌で眺めるほうが手放しで楽しめる。

「それはよくない」

ちあきは箸で、ゴーヤーを摘《つ》まんだ。「お兄ちゃんがいつも言ってる。年上のひとには敬意を払えって。だからわたしは常葉さんって呼ぶよ」

ちあきはそう言うとゴーヤーを食べながら、常葉の隣に座っている十九郎を見た。

十九郎は相変わらず遠慮もせず、ぱくぱくと食事をしている。米だけではなく、おかずもむしゃむしゃと平らげて、もう半分も残っていない。

「十九郎。もっとゆっくり食べて、よく噛《か》んで」

口の中のものをのみ込んだちあきが注意すると、十九郎はぎょっとしたように箸を止め、ちあきを見た。

「……常葉みたいなこと言うな、おまえ」

「だってお兄ちゃんの体で食べてるんでしょ。お兄ちゃんはいつももっとゆっくり食べるし、よく嚙むんだよ。そのほうが体にはいいって言ってた。お兄ちゃんの怪我を治すために、体にいいことをして！」

「正論だ」

常葉が澄まし顔でうなずく。十九郎は眉《まゆ》を上げた。

「それになんで常葉にはさんづけで、俺は呼び捨てなの」

「だって長いんだもん。じゅうくろうなんて。さんをつけたらもっと長くなっちゃう」

常葉は見た目もきれいだし、少なくともちあきに対しては物腰が穏やかなので、何を言っても怒らないのではないかと思う。だからと言ってむげに扱うつもりはない。兄はいつも「目には目を、礼には礼を」とちあきに言い聞かせた。

かといって、十九郎が無礼だから呼び捨てにするわけでもない。親しみやすい、というのがちあきの本音だが、口に出すのはやめておく。

「まあ、長いよな。だからこいつは、俺をジュークって呼ぶんだが」

十九郎は肩をすくめた。「俺が主君なのに、いっつも説教される」

「ねえ、主君ってなに？　今どきお侍さんなの？」

「ほんとそれ！」

十九郎は叫ぶように言うと、箸を持った手を前に出した。

「おい、無作法だぞ」

常葉がすかさず咎《とが》める。

「お侍さんとか時代劇みたいだろ？　でもなんでかそうなんだ。こいつは俺が生まれたとき、まだ二歳だったのに従者としてつけられたんだよ」

「従者」

慣れない単語を、ちあきは舌にのせた。

「確かにジュークの言う通り、何故かそういうことになっている」

常葉は涼しい顔で告げた。「だが、俺に異存はない。俺はこいつの式神だ。……だから、今はありがたくいただいているが、本来、特に食事をする必要はない」

「えっ」

ちあきは驚いて、まじまじと常葉を見た。テーブルの角を挟んだはす向かいで、美しい男は優雅に食事をつづけている。箸の持ちかたもちゃんとしているし、咀嚼《そしやく》の音も立てない。――なのに、食事をする必要がない、とは。どういうことなのか。

「なのに、料理ができるの？」

「ああ」

「こいつのつくる食事は、ものすごく旨いというわけじゃあないが、絶対にまずくはねえよ」

皿に盛ったおかずをあらかた食べ終えた十九郎が、手にした茶碗の内側にへばりついた米粒を、箸先で丁寧に摘まみながら言った。ちあきは、器用だな、と思うと同時に、行儀がよくないとしても、何もかも平らげようとする十九郎に、なんだかホッとした。常葉に比べるとやや粗雑な言動の十九郎が、米粒ひとつ残さないとは、想像していなかったのだ。

「そういう言いかたはよくない。俺は気にしないが、他人にはやるなよ」

常葉は目を細め、隣の十九郎をじろりと見た。「おまえは褒めているつもりだろうが、その物言いでは気を悪くする者もいるだろう」

「おまえはほんと、口うるさいなあ」

十九郎は、ははっと笑った。まったく気にしていないようだ。

「口うるさくもなる。俺はおまえのお目付役だ」

「お目付役……そうか、従者って言うわりに偉そうなのは、そのせいなの？」

ちあきが尋ねると、常葉はわずかに頬を上気させた。

「偉そう……」

戸惑いがちに、彼はちあきを見る。「俺はそんなに偉そうか……？」

どうやら気にしているようだ。ちあきはうーんと考え込んだ。

「常葉さん、見た目が綺麗だから意外と言うか、……最初、わたしたちに丁寧に接してくれたでしょう」

「今でも丁寧に接している、……いや、すまない。ちょっと砕けてしまっているかもしれないな」

常葉は考え直したのか、素直に認めた。「気をつける」

「いいです。最初のときみたいなので一緒に暮らすとか言われたら肩が凝るから、今のほうがいい」

「そ、そうか」

ちあきの正直な言葉に、常葉は戸惑いながらうなずく。「そう言ってもらえると助かる。あれは、……俺も、肩が凝る」

最初のときは「私」だったのが、「俺」になっている。おそらくあれは、おすましした態度なのだろう。ちあきだって、家の電話を取るときは声が変わってよそゆきになる。そういうのは誰にでもあることだ。

「とにかく、常葉さんは十九郎のお目付役だから、口うるさく言うのね。お目付役が要るほど、十九郎は、……わんぱくなの？」

ほかの表現が見つからずにちあきが問うと、常葉は咀嚼していたものを喉《のど》に詰まらせたようだった。とっくに食事を終えていた十九郎が、噎《む》せる常葉の背をさする。

「おまえそういうとこちょっと抜けてるんだよなぁ」

「お、おまえ、に、言われるとはっ！」

常葉はしばらく噎せていたが、やがて立ち直った。箸を置いてお茶を啜《すす》る。

「……わんぱくと言われて、つい笑ってしまった。すまない」

真顔で謝る。「だが、そのとおりだ」

「俺はそんなつもりはねえけどな」

ふん、と十九郎が鼻を鳴らした。

なるほどとちあきは思った。このふたりはどうやらいいコンビのようだ。割れ鍋《なべ》に綴《と》じ蓋《ぶた》ということわざを思い出した。でこぼこコンビだ。十九郎が常葉に叱られてばかりではなく、十九郎も常葉をフォローする。もちろん仲が悪いわけではないだろう。兄弟みたいなものだと思えばふたりの距離感も納得できた。

「やんちゃと言われるよりましではないか？」

ふふん、と常葉が鼻でわらった。

「常葉さんのほうがお兄さんなのね」

「そうだ。ふたつ年上だ」

常葉がうなずく。

「そのときから仕えてるの？　二歳で主君とか、わかるものなの？」

「二歳といっても、俺は人間ではないので……」

そう言われて、ちあきはぎょっとした。まじまじと常葉を見ると、常葉は、ああ、とうなずいて、笑った。

「本性を見たのにその反応かよ」

「驚くか。それもそうか」

十九郎と常葉が口々に言う。

「本性……ああ、猫さんの？」

確かに大きな猫の姿は見たが、すっかり忘れていた。

「こいつは猫神だって言ったじゃねえか」

十九郎は呆《あき》れていた。「二歳から仕えてるって、そのときに言ったはずだぜ」

十九郎に指摘されると、何故か恥ずかしさと同時に、苛立《いらだ》ちが湧き起こった。

「忘れてたんだよ」

「ジューク、その言いかたはよくない。非難も同然だ」

ちあきが言い放つと、常葉が注意した。

「そんなつもりはねえぞ」

「おまえは上に立つのだから、下の者が萎縮《いしゅく》するような物言いはよくない。それに今のは、忘れていたことを詰《なじ》るようにも聞こえる。言ったはずだとしても、二度めまでは同じ説明をするほうがいい」

常葉が諭す。彼の説明でちあきは、忘れていたことが恥ずかしく、それを嘲笑《ちょうしょう》された気がしたのだと自覚した。

「自分が悪かった面を指摘されるとき、非難がましい言葉を用いられるとどうにも腹立たしくなるし、相手に恥をかかされた気持ちが優位になり、自分の非を認められなくなって感情が拗《こじ》れてしまう。だから、上の者は察して言葉を選ぶべきだ」

常葉の言葉に、ちあきは自分の胸中を見透かされたような気持ちになった。

「気をつける」

常葉の説教に、十九郎は神妙な顔をした。こんなふうに言われたら拗《す》ねそうなものだが、十九郎は素直だった。

「……まあとにかく、」と、常葉はちあきに向き直った。「俺は人間ではなく、猫神だ。人間に仕えるものだ」

「えっと、なんかごめん」

自分も悪かったのだとわかったので、ちあきも謝った。いつもだったら謝れなかったかもしれない。

「それで、……猫神って何？　犬神なら聞いたことあるよ。でも、猫って」

「まず、ちあきさんがどこまで知っているか、ききたい。でないと、どこから説明していいかがわからない」

「どこまでって何を？　猫神は知らないよ」

「あやかしについて、知っているか」

「あやかし……妖怪《ようかい》？」

ちあきは幽霊や妖怪などにまったく興味がなかった。怖い以前に、興味がないのである。妖怪の出てくるゲームもあるが、周りで流行《はや》った記憶がない。流行っていたかもしれないが、興味がなかったので憶《おぼ》えていないのかもしれない。もちろんやったことさえなかった。仲のいい友だちで、そういう不思議なものをすごく好き、という子がいなかったせいもあるだろう。

「妖怪……も、含まれる」

「あやかしって妖怪だけじゃないの？」

常葉は、何故か天井を見るように目を上げた。それからくるりと十九郎を振り返る。

「おい、どうする？」

「どうもこうもねえよ。ぜんぶ説明してやったら」

十九郎はのんきに茶を啜った。「俺は説明は苦手だから、おまえにまかせるぜ」

「……ええと。……俺はあやかしだ。あやかしといっても、神性が強いので、猫神と呼ばれる」

「神さまもあやかしなの？」

「俺たちの認識ではそうなるな。神といっても、外来の神はまた別だが」

外来というとちあきの知る限りでは、病院が午前中に受け付けてくれる患者だ。以前、両親が大学病院に勤めていたので、外来と聞くとそれを思い出すが、違うのだろう。

「外来とは、外国から来た神さまだな。そうなると仏さまも外来の神なんだが……そのへんはまあ、曖昧《あいまい》でな」

猫神を自称する美貌《びぼう》の男は、ううむ、と唸《うな》った。

「簡潔に。おまえの話、長いから」

十九郎がニヤニヤしながら茶々を入れる。

「この国には八百万《やおよろず》の神がいる、というのはわかるか？」

「それなら知ってる。本で読んだよ。夫婦の神さまが海に矛を入れてかき混ぜて島をつくったんだよね。そんでたくさん神さまを産んで、最後に女神さまが火を産んだら、体が焼けて死んじゃって……」

ギリシャ神話に、夫が死んだ妻を迎えに行く話があり、似た話が日本にもあるよと兄に教えられて日本神話を読んだのだ。どちらも夫があの世まで妻を迎えに行き、連れ戻そうとする。妻は夫に手を引かれて地上へ戻ろうとするが、いけないと言われていたのに夫が振り返って、姿の変わった妻を見て怖れて逃げてくるのである。遠い土地なのに似たような話があるのは、遠くから伝わってきたのか、それとも同じようなことがあったのかと、決して手の届かない遠い昔に思いを馳《は》せながら読んだものだ。

「詳しいな」

「昔の話を読むのが好きだから。あと、……恐竜が好き」

子どもっぽいと言われる気がして、友だちにもあまり言えないことだった。といっても、恐竜の図鑑を読んで、本当にいたのかな、と考えるのが好きなだけだ。骨の化石が見つかるので恐竜が実在したのはわかっているが、本当は何色だったかわからないのが、ちあきの想像をかき立てるのである。以前、恐竜は爬虫類に近く、鱗で覆われていたと想像されていたが、今では羽毛に覆われて鳥類に近かったと言われるようになっている。もふもふだったのかと考えると、愉快でたまらない。どんな手ざわりで、どんな鳴き声だったのだろう。そんな、愚にもつかないことを考えるのが、ちあきは好きだった。

「わかるなら話が早い。……俺たちの言うあやかしは、そういう、人間ではないものを指す。生きていないものも含まれるが……」

「生きてないって、幽霊？　幽霊なんているの？」

ちあきが疑問を口にすると、常葉は軽く眉《まゆ》を上げた。

「これもむずかしい話になるが……」

「わからなかったらきいていい？」

「ああ。……幽霊、……我々は死霊と呼んでいるが、死んだ者が現世《うつしよ》に存在していても、たいていの人間には見えないものなんだ。そういう視力がないから」

常葉は言葉を切った。「その、君はまだ幼いからよくわからないかもしれないが……昔は、今のような生活ではなかった」

幼いと言われて、ちあきはなんとなくムッとしたが、我慢した。自分は子どもではないが、大人でもない。もう大人だと思っていたのが思い上がりなのは、今の兄の状態を考えるとよくわかった。

「もっと不便だったってこと？」

「それもあるが、もっと自然に近かった。今は夜でも明るいが、昔は暗くて、月の光だけが頼りだった。暗いとものが見えなくてわからないだろう？　夜道を歩くと、……ああ、夜道といっても、今のような道ではない。暗くて、土の道で、原っぱなどがあると、風が吹かないのに物音がしたりする。びっくりすると思わないか？」

「びっくりっていうか……怖いね。何がいるかわからない……」

「それだ」

ちあきの言葉に、常葉が力強くうなずいた。「何がいるかわからない。なのに音がして怖い。そういう気持ちは、消えてしまうわけではない。怖れる気持ちが、人間でないものに宿ると、あやかしになる」

「……えっ……」

なんの話だろうと思っていたらあやかしにつながったので、ちあきは戸惑った。

「人間が暗がりにあるものを怖れたり、当時では説明のつかぬことに怯《おび》えたりした気持ちが、人間でないものに宿ると、それがあやかしになる。……だから昔は、動物のあやかしが多かった」

ちあきは神話が好きで、いろいろと読んできた。その中には聖書も含まれている。旧約聖書の神が自身に似せて人間を作ったのを思い出した。

「つまり、あやかしは人間から生まれたってこと？」

「そう言っていいだろう。……当世風に言えば、人間には脳があって、それは動いている。脳に限らないが、動いた影響で空気の波が広がる。肉の目は光の波長を捉《とら》えているが、あやかしの波長は空気の波のようなもので、霊の目を持つ者に見える」

説明が長い、と思ったが、これはちあきにもすんなりと理解できた。理科の資料に載っていた記事に、似たような解説があった気がする。

「猫神の一族も、そうした人間の感情が宿って生じたあやかしのひとつだ。猫神の俺を従者としているから、こいつは猫神使いというわけさ。術使いとしてはなかなかへぼだが」

そう言いながら、常葉は十九郎を見た。十九郎は何も言わず、涼しい顔でそれを見返す。

「猫神使い……」

「猫神の俺を補助に術を使うからだな。要するにただの式神使いだ」

「ふたりで一人前？」

「……そうとも言う。……とにかく俺は、あの猫の姿が本性だ」

「猫にしては大きくない？　大きい犬くらいあるよね」

「猫神はあれくらいがふつうだ。たぶん、神格のおかげだな。……猫神があまり知られていないのは、猫とは違って人間に従いやすい犬が、よい友人として先に位置づいたからだろう。そのおかげで犬神のような無惨な目に遭わずに済んだが……我々はあまり知られていないあやかしではある」

「犬神って無惨なの？　何が？」

ちあきは首をかしげた。犬神というと、犬の神さまとしか思っていなかった。

「犬神は……いろいろとむごい場合が多い。今でも使われる巫蠱《ふこ》があって、それは犬に限ったことではないが……」

常葉は言い淀《よど》んだ。

「それは別の話だから、今はいいだろ」

十九郎が口を挟む。常葉は十九郎を見て、ホッとしたようにうなずいた。

「そうだな。食事のときにする話ではない」

「それに、兄ちゃんも妹に聞かせたくないってさ」

「お兄ちゃんも知ってるの？」

「知ってるみたいだな」

十九郎は重々しくうなずいた。どことなく憂鬱《ゆううつ》な顔をしている。

「——とにかく、あやかしとはそういうものだ。見えるものには見えるし、いるということになるが、見えないものにとっては見えないし、いない。死霊も同じだ。君は、……あやかしが見えないだろう」

「幽霊は見たことない」

ちあきはうなずいた。「でも、常葉さんは猫神で、あやかしなんでしょう？　なのにわたしには見えるし、こうして話せる。どうして？」

「俺は力のあるあやかしで、肉体を持っているからだ。肉体を持っているあやかしは、人間にも見える。霊体だけでは、霊の目があいていなければ見えない」

「わかった」

つまり、自分には幽霊やあやかしは見えないのだ。見る視力がない、とわかると、ちあきは安心した。

「あっ、でもそうすると、あの花札を回収するの、わたし、手伝えないんじゃないの？」

「それはだいじょうぶだろ」

十九郎は、ずずっとお茶を飲み干した。「あいつら、おまえと繋《つな》がりかけてたから」

「それさっきも言ってたけど、どういうこと？」

「どうもこうも」と、十九郎は肩をすくめてちあきを見た。「あの花札は、代々うちに伝わってたのの一部でな。花札って本当は四十八枚あるんだが、そのうちの光札っていう、十二か月ぶんの十二枚に、じいさんが、十二支になぞらえたあやかしをひとつずつ封じ込めて、結納として千代君《ぎみ》にあげたってわけ」

「千代君って、大叔母《おば》さんだよね」

ちよぎみ、と言われるといかにも昔ふうだが、お姫さまみたいだなとちあきは思った。十二単《ひとえ》でも着ていそうなお姫さまだ。

「そうそう。じいさんは千代君をめっぽう好きだったらしい。お姫さまみたいだったたって言ってたぜ。だから、守るために護符の代わりに渡したんだと。何かあれば花札のあやかしが千代君を守ることになってたらしいが……」

なぜ、「めっぽう好き」だった大叔母と結婚しなかったのだろう。大叔母がその前に亡くなってしまったからだろうか。

「大叔母さんが死んじゃったから結婚できなかったのね……」

「いや、その前に戦争になって、会えなくなって、それから手紙が来たんだと。もう結婚できないので、婚約破棄をしたいと。じいさんは焦って手紙を出したが、それきり連絡もとれなかったそうだ」

「戦争って、ずっと前だよね……」

ちあきはピンとこないが、とにかく昔、戦争があって、祖父の世代はとてもたいへんな目に遭ったのだけはわかっている。食べるものも満足になかったそうだ。大叔母が亡くなったのは戦争が終わったあとだったらしいが、食べるものがろくにないので栄養も満足にとれず、薬が手に入らず、亡くなったという。

大叔母の病気は当時は死病だったらしいが、今では薬さえあれば治る病気だそうで、祖父はちあきに大叔母について話してくれたとき、とても悲しそうだった。海に近い街は空襲を受けて何もかも焼けたくさんひとも死んでしまったから、そうならなかっただけましだったとも言っていた。

だから医者になったんだよと言う父は、同じく医者の母とともに、遠い外国の、連絡も満足にとれない奥地に行ってしまった。大叔母のような子を助けたいという気持ちもあったらしい。ちあきにとっては大叔母だが、父にとっては叔母で、より身近に感じているのかもしれない。

「そうそう。そのころにあんたの大叔母さんは十六くらいだったはず。生きてたら九十くらいだな。だから諦《あきら》めればいいのによ、じいさんは今でもその千代君が好きらしいぜ。俺の親父はじいさんの姉の子どもで、じいさんの養子になったんだ」

「とにかく、花札を集めて返せばいいのね。そうしたら、お兄ちゃんももとに戻る？」

「ああ」

十九郎がうなずいた。「おまえの兄ちゃんの体に俺が入ってる限り、めしはちゃんと食って、この体が癒《い》えるように休みも取る。だから、安心しろ」

十九郎の言葉にちあきはホッとした。彼の物言いには、どこかひとを安心させる空気があった。

「わかった。で、花札を集めるって、どうすればいいの？」

「……花札が起動したということだったが」

黙っていた常葉が、うむ、と腕を組んだ。「つまり、千代君は使っていなかったんだろう」

「だろうな。まあ、それは考えても仕方ねえよ。結婚しない、と言ってきたわけだから、病気になっても使わなかったんだろう」

「しかし、ちあきさん、仮にも君を主《あるじ》として起動したなら、君から遠く離れられない……おそらく、君の行動範囲からは出られないはずだ。くまなく探せば見つかるだろうし、見つけたら捕まえればいい」

常葉は懸念の表情を浮かべた。「神獣とはいえ、あやかしだ。放置すれば何が起きるかわからん」

「何が起きるかわからないって、大叔母さんを守るためのあやかしなのに？」

「……あやかしは、関わりを持つ力のない人間にとっては、結果として害をなすことも多い。……使いこなせない道具は持つべきではない」

常葉は溜息《ためいき》をついた。

「……よくわかんないよ」

ちあきが言うと、十九郎はニヤッとした。

「たとえばよ、お菓子の袋をあけるとき、ハサミやカッターを使うとしても、日本刀は使わねえだろ？」

「日本刀なんて持ってないよ。……けど、わかった」

ちあきはうなずいた。尋常な人間には、日本刀を使いこなすなどできない。あやかしは、使いかたを知らない者にとっては危ないのだ。

「わかってもらえてよかった。花札を回収できたら、ジューク、あとはおまえが持っていろ」

「合点承知」

ニヤッ、と十九郎は笑った。「十二枚、さっさと回収しようぜ。そうすりゃ、じいさんも安心するだろ。あとのことはまた考えればいい」

あとのこととはなんだろうとちあきは疑問に思った。何か意味があるように感じられた。しかしそれからは今後の生活についての話になったので、ちあきはこの疑問をすっかり忘れてしまった。

弐

キャンプは金曜からで、日曜に戻ってきた。月曜が祝日で学校は休みだったので、ちあきは日曜の夜、洗濯物を干してから、ふたりと遅くまでいろいろと話し合った。

話しているうちに、ふたりが尋常な人間ではないのはわかってきた。いや、ふたりといっても常葉《ときわ》は猫だ。なのでちあきの警戒もかなり薄れた。最初はリビングで寝ると言っていたふたりだが、いちいち寝具を出すのもたいへんなので、十九郎《じゅうくろう》は訊《き》けば兄が教えてくれるからと兄の部屋を使うことになり、常葉はその出入り口の前で猫の姿で寝ると言った。

家事はすべて常葉が引き受けると言ったが、洗濯に関して、ちあきは自分の下着を触れるのがいやだったので、自分のものは自分で洗って干すとはっきり言った。他人に見られるのはさすがに恥ずかしかったのだ。兄に見られるのは平気だったのに。

十九郎は兄の体なので、十九郎の衣類やちあきのもの以外は常葉が洗濯するという。常葉は、着物を身に着けているように見えるが、見えるだけなのだそうだ。猫から戻っても着物を着ているので、あやかしはそういうものだと言われてちあきは納得した。考えても結論が出ないことで頭を悩ませる余裕はなかった。

とにかく見知らぬ相手なので、ちあきは家のだいじなものがある、一階の書斎には入らないようにとふたりに言った。本がたくさんある書斎には、読書好きなちあきでさえめったに入らない部屋だ。机の下に金庫も隠されていて、家のだいじな書類などはそこに入っている。もちろんちあきはそのことをふたりに教えたりしなかった。

一緒に暮らすうえでの大切なことを決めるうちに、兄の仕事について、どうするかを相談せざるを得なくなった。兄は獣医である。いくら十九郎が兄のふりをできると言っても、代わりに出勤するわけにはいかない。しかも、十九郎曰《いわ》く、兄はこの機に辞職しようと考えているようだ。兄がそれでいいならいいが、いろいろと手つづきはしないといけないだろう。休みがあけたら職場に行って話すと兄が考えている、と十九郎は答えた。

深夜になってちあきが寝る準備を済ませて自室に向かうと、では、と、ついてきていた常葉は、部屋の前でおもむろに猫の姿になった。

「おっきい猫さん！」

その姿を改めて目の当たりにすると、ちあきは興奮してしまった。可愛い猫が、とても大きいのだ。

「ねえ、さわっていい？」

「なんで俺に訊くんだよ」

十九郎は苦笑した。

「だって、十九郎は常葉さんの主君でしょ？」

しかし猫の姿だと、主君というより飼い主のようだとちあきは思う。何故か十九郎は得意気に見えた。

「そうだけどさ」

『どうぞ』

猫が常葉の声で応《こた》えた。

「猫なのにしゃべれるんだ！」

ちあきはさらに興奮した。

廊下に膝《ひざ》をついて、大きな猫と目を合わせる。猫は神妙な顔をした。

「おっきいねえ……」

手をのばして肩にふれると、猫はぴくぴくと髭《ひげ》をふるわせた。

撫《な》でると、毛はたいして長くはないのにもふもふと柔らかかった。もっと撫でてみたくなったちあきは、本格的に猫に近づいた。猫の横で正座をして、両手で撫でる。

「気持ちいいんだろ」

十九郎が、猫に向かって言った。猫は困ったような顔をして十九郎を見上げる。

「気持ちいい」

ちあきが答えると、猫は鼻面をちあきに向けた。

『その、……そんなにお気に召していただけるとは……』

「うん、最高！」

ちあきは笑った。

猫にさわったことはもちろんある。犬もだ。たいていの飼われている動物は、毛がもふもふとしてやわらかい。キツネ村でキツネにさわったときは、意外に毛が硬くて驚いた。シャボテン公園のカピバラもだ。だけどこの大きな猫は、猫そのもののやわらかさだった。

もふもふとして、最高だ。

「ねえ、抱っこしていい？」

ちあきの言葉に、猫は目を瞠《みは》った。

『えっ？』

「抱っこしたい」

「持ち上げられないだろ、大きくて」

十九郎が笑いを含んだ声で言う。

「ねえ、だめ？」

『いや、あの、その……抱っこというのが持ち上げることなら、無理だと思うが……』

常葉らしい答えだった。猫になっても常葉は常葉なのだ。

「持ち上げたいんじゃないよ」

ちあきは言うと、そっと猫に身を寄せた。「こうしたいの」

抱きつくと、もふもふとした毛が顔に当たる。やわらかくて、あたたかい。残暑だが、夜になると少しは気温が下がるので、とても心地よい。最高だ。最高だ！

兄のことは心配だが、こんな大きな猫にさわれるなど、ふつうに生きていたらけっしてできない体験だっただろう。

「猫っていいねえ。いいなあ、十九郎。いつでもこうやってできるんだね」

「いや、そういうのわざわざしないぜ。こいつの力が弱ったときだけだ」

さすがに十九郎の声は苦笑が混じっていた。「子どものころはよく一緒に寝たけどな。寒いときはもふもふして気持ちいいんだ」

「一緒に！　寝る！」

ちあきは思わず、ぱっと猫から体を離した。まじまじと見る。

「常葉さんがお兄ちゃんに入ってたら一緒に寝るのに」

本心だった。

『分魂の術は俺には使えないので……』

常葉がもごもご言う。

「まあその気持ちはわかる」

十九郎が言う。ちあきは顔を上げた。十九郎は得意気な顔をしている。

「だけどそいつは俺の猫だからな。俺以外とは一緒に寝ないんだ」

「いいなあ、十九郎……」

『おい、ジューク。そんな自慢をするな』

「いいだろ。俺の従者が褒められてるんだ。得意にもなるさ」

『これは従者として褒められているわけではないのでは……』

猫は困惑したように呟《つぶや》いた。

巨大な猫の手ざわりを存分に味わったちあきは、名残惜しいものの、自室に引きあげた。

鍵《かぎ》のかかる部屋でよかったと思いながらしっかりと扉を施錠する。

十九郎は部屋の説明を兄に訊くと言っていた。兄は半分寝たような状態ながら、自分や妹が置かれた状況をわかっているし、ふたりが家に住むのも仕方がないと諦《あきら》めて受け容《い》れ、十九郎が求めればいろいろと説明してくれているようだ。兄が完全にいないわけではないのが今のちあきにはありがたかった。

ちあきはベッドに入ってすぐに目を閉じた。あしたは休みだし、宿題もない。試験は月末でまだ時間がある。しかし、改めてきょう起きたことを思い返すと、頭が興奮してしまっているのか、なかなか寝つけない。

しかも、さっきさわった猫がほんとうに最高で、ああいう猫がそばにいたら、と思ってしまう。常葉が綺麗《きれい》な男であることより、大きな猫であるほうがちあきにはうれしかった。猫になったときはすかさずさわらせてもらおうとまで思うほどである。

興奮していても、疲れていたので、やがてちあきは眠りに落ちた。

＊

鳥の鳴き声がする。

夢の中だ。花の香りがして、ちあきはあたりを見まわした。

周りに木が何本もあって、花が咲いている。濃いピンク色の花だ。梅の花だとすぐにわかった。祖父がよく絵に描いていたからだ。祖父は梅の花が好きだった。

「わあ……」

今までも夢の中で匂いがしたり味がしたりすることはあった。同級生と話していたとき、色がついていなくて白黒だとか、匂いもないとか聞いたが、ちあきの夢はいつも現実と同じに見える。夢に、会ったこともない写真でしか知らない祖母が出てきたこともあった。

鳥の鳴き声にひかれて探すと、梅の木の枝に小鳥がとまっていた。白くてきれいな小鳥だった。

「小鳥さん、どうしたの？」

まるで何かを訴えるように鳴いているので、ちあきは思わず話しかけた。すると、小鳥はちあきに気づいた。すぐに羽ばたいて飛ぶ。逃げたかと思ったら、ちあきのそばに来て、そっと肩にとまった。

鳥がこんなに近くまで来てとまるなんて、初めてだ。夢だとわかっていたが、ちあきはうれしくなって、そっと肩に手を伸ばす。すると、小鳥はちあきの手にのった。すごい、とちあきは思う。アニメみたいだ。

『遠くへ行きたいの』

驚いたことに、白い小鳥が語りかけてくる。ちいさな男の子のような声だった。

しかし、大きな猫も話せるのだ。鳥が話せてもおかしくはないだろうと思った。それにこれは、夢だ。

「遠くって、どこまで？」

『わからないけど……遠くに行きたかったの……でも』

小鳥はそこで、ちゅん、と鳴いた。

「でも？」

『仲間がいなくなったらこんなにさびしいなんて思わなかったの……』

小鳥は、しょんぼりとうなだれた。

仲間ってなんだろうとちあきは思った。群れからはぐれたのだろうか。白いきれいな小鳥を、ちあきはなんとかして慰めたくなった。

さびしいのはちあきも同じだ。兄がいない。いつもそばにいた相手がいなくなるのは、つらくてさびしい。さびしい気持ちをずっと抱えていると、頼りない気持ちになって、不安が増してくる。小鳥もそうなのだろうか。ちあきは考えて、悲しくなった。さびしさや悲しみは、伝染するのかもしれない。

ちあきにとって兄の不在は、兄が戻ることでしか埋められない。ならば、仲間がいないというなら、仲間をさがすか、新しい仲間を見つけるしかないのではないか。ちあきは小鳥のさびしさをなんとかしたくて、提案した。

「新しいお友だちをつくったら？」

『新しいお友だち？』

小鳥は顔を上げると、不思議そうにちあきを見る。

「そうだよ。毎年クラスが変わったら、お友だちと離れちゃうけど、また新しいお友だちをつくるんだよ。前のお友だちとも仲良くするけど、新しいお友だちも素敵だよ」

ちあきは実体験を語った。

年度のはじめにクラス替えがある。今年、ちあきは、前のクラスで仲のよかった同級生とはべつのクラスになってしまった。それは淋《さび》しかったが、すぐに新しい友だちができた。べつのクラスになってしまった仲のよかった同級生とは、教科書などの忘れものをしたときに貸し借りができるとわかって、ありがたいのも知った。

『どうやって……』

「うっ。それは……」

確かに、方法を訊《き》かれると困ってしまう。

期待を込めた目に見上げられ、ちあきは焦った。

「ごめんね。鳥さんはどうすればいいか、よくわかんない……」

『それに、ふつうの鳥は言葉が通じないもの……』

「そうなんだ……」

ということは、この小鳥はふつうの鳥ではないのだろう。

「うちに来る？　飼われるのはいや？」

夢の中なので気軽に尋ねると、小鳥は、ぴょっ、と鳴いた。

『飼う……檻《おり》に入れるの？』

「飼うとなると、そうだろうねぇ。でも、檻っていうか、籠《かご》かな」

『それでもいや。飛びたいから』

「そっかあ……じゃあ、もとの仲間をさがすのは？」

飛びたいけれど、ひとりではいやで、新しい友だちをつくれないなら、その方法しかないのではないかとちあきは思った。

『仲間は、みんな、自分の居場所をさがしにいっちゃったの』

居場所、という言葉に、ちあきは戸惑った。

「そっか、……居場所……小鳥さんは、居場所がほしいんだね。飛べて、不自由じゃない居場所が……」

『そうかも』

小鳥自身もわかっていなかったようだ。ちあきが言うと、ハッとした顔になった。

『さがしにいくね。――お話を聞いてくれて、ありがとう』

小鳥はそう告げると、羽ばたきの音を残して飛び去った。

小鳥がさがしているのが居場所であれ、新しい友だちであれ、もとの仲間であれ、見つかるといいな、とちあきは思った。

＊

学校が休みなので、ちあきは朝食を済ませると、十九郎と常葉にいろいろと教えた。

まずは母屋の中を案内して回った。昨夜の洗濯物を干すついでに、二階のベランダに干すことと、たまには布団も干すのだと教えた。教えるのは常葉だけでよかったが、手持ち無沙汰《ぶさた》なのか、十九郎もちゃんとついてきて説明を聞いてくれた。

買い出しは週に一度、車で行っていたのだが、今は運転できる千春《ちはる》の体に十九郎が入っている。自転車を使うしかないかと考えたが、十九郎も運転免許を持っていたので、意外にあっさりと解決した。

千春はちあきの不在のあいだに、家を掃除して食材も揃えておいたらしく、ひとまず買い出しは来週に先送りになった。

常葉のつくってくれた食事はふつうにおいしかった。和食派とのことで、朝はごはんと豆腐のおみそ汁、それに目玉焼きがついた。昼はたまご入りのうどんだ。急ごしらえとしてはなかなかのものだった。

食器は仮洗いをしたあと食洗機に入れ、寝ている深夜帯に稼働させる取り決めなのは昨日のうちに教えておいた。常葉は食器くらい洗うと申し出たが、ちあきは、自分と十九郎が食べているあいだに常葉が働いているかと思うと落ち着かないのでやめてもらった。それに、食洗機は高温の湯を使うので手で洗うよりきれいになるのだ。

話を聞くと、常葉と十九郎の住んでいる家は設備が古く、食洗機どころかIHクッキングヒーターも、常葉は初めて使ったらしい。それにしては一度教えただけできちんと使えていた。

「こういう文明の利器があると、時間が節約できていいな」

常葉は感心したように言った。食事のあいだ、何もしないわけにはいかないとそわそわしていたが、だったらもういっそ常葉にも食べてもらったほうがいいのかもしれないと考えながら、ちあきは尋ねる。

「常葉さんたちの家はそんなに古いの？」

「さほどではないが、こういうものが揃っている家ばかりでもないだろう」

常葉は苦笑した。

そんな話をしながら、昼食を済ませる。いれてもらったお茶をのみながら、花札をさがしに行かないかとちあきは提案した。見つからずとも、来たばかりならば近所を案内したほうがいい。

ちあきが提案すると、十九郎はうなずいた。

「そうだな。すぐに見つかりゃ御の字だが、とりあえず、近所を見て回るか。俺たちは全然知らない街だしな」

「十九郎たちはどこに家があるの？」

不思議に思って問うと、立ち上がりかけていた十九郎は、あ？と声を出した。ちなみにきちんと着替えていて、きのうとは違う服だ。兄が何を着ていいかを教えたらしい。

「どこって……ここに比べれば山奥だ。昔からの家に住んでる。周りには何もないぜ。学校まで、自転車で行ってたな。山をふたつ越えるんだ」

「学校、行ってたの？」

「俺がどういう生活をしてたと思ってるんだよ」

十九郎は笑った。「ふつうに大学生もしてたぞ。そのときは大学のそばに下宿してた」

つまり、十九郎は大学を出ているのである。ということは、二十代半ばくらいだろうか。

「そうなんだ！　てっきり、山奥に閉じこもって暮らしてるのかと思ってた！　着物着てるし」

「あれは、……正装みたいなもんだな」

ちあきが言うと、十九郎がおかしそうに笑った。「中学生から見ればびっくりするよな、いきなり着物で現れたら。俺は車でふつうに行こうって言ったんだが、場所が正確にわからなかったんでな。じいさんも、この家は住所はわかるが、ふつうには来たことがなかったようだし」

「ふつうにって……」

ちあきは首をかしげた。常葉がまじめな顔をする。

「あやかしならば、空間を超える術も使える。ただし、それなりに時間がかかるので、行程は省略できるが、次の瞬間にぱっと移動するという感じではないんだ」

「ふうん……？」

つまり、マンガやアニメで見る瞬間移動ではないのだと、ちあきは理解した。

「そうそう。だから、俺は結局、高校のときは山をふたつ越えて通学したんだよ。そのころ常葉は疾駆の術を使えても、かなり時間がかかってたからな」

「本来、疾駆は妖狐《ようこ》の一族が使う術だ。俺はたまたま、旅の天狐《てんこ》に教えてもらっただけでな。だからコツを摑《つか》むのに時間がかかった。今では、たいして時間も費やすことなく移動できる」

「それって、学校に遅刻しそうになったら送ってもらえる？」

「そういうのはだめだ」

ちあきが訊くと、常葉は表情を引き締めた。「言っておくが、ちあきさん。あやかしの力は、人間にとって便利なものかもしれないが、乱用することは好ましくない。君はもともとあやかしとは関わりを持たないはずの人間だ。ならば、あやかしの力の影響を受けないほうがいい。何が起きるかわからない」

真顔で諭されると、ちあきとしてもそれ以上、何も言えない。ただ、そんな便利な力があるなら、何かに使ったほうがいいのではないかと思う。

「それに、こいつは俺の猫神だから、おまえが使ったらだめなんだよ」

十九郎はニヤニヤしてちあきを見おろした。

「そっか……そうだね。十九郎が主君だから、常葉さんの力は十九郎が使うんだ」

「そうだな」と、常葉はうなずく。「こいつがだめだと言えば、俺は呪《しゅ》で縛られて、ほかのもののために力を使うことはできなくなる」

「呪て。せめて言霊《ことだま》と言ってくれ。俺はそこまでおまえを縛る気はないぜ」

十九郎は肩をすくめた。「それより、早く外に出てみよう。どういう街なんだ？　楽しみだぜ」

三人は揃って食堂を出た。

戸締まりを確認して、玄関から外に出る。リビングから庭に出られるので、ちあきは登校するときでなければそちらから出入りすることもあったが、きょうは留守番は誰もいなくなるので、窓もきちんと閉めて、鍵《かぎ》もかけた。鍵はなくさないように、ショルダーバッグの内ポケットにちゃんと入れた。

十九郎は兄の服を着ているが、常葉は着物のままだ。玄関の鍵をかけているときに、若い金髪の男が着物では目立つと十九郎が言うと、確かにそうだなと常葉も納得した。

兄の服を貸せばいいのだろうかと、ちあきがしまった鍵を取り出そうとしたとき、常葉の姿がふわっとぶれた。

次の瞬間、常葉は、きのう兄が着ていた服を着ていた。

「……こういう服は、着慣れていないから……どこかおかしいか？」

驚いたちあきがまじまじ見つめると、常葉は恥ずかしそうな顔をした。

「ううん、おかしくない、けど……常葉さん、どうやって着替えたの？」

「着替えたというか」

常葉は苦笑した。「我々あやかしは、……その、そうだな。説明がむずかしい」

「簡単にお願い」

ちあきは真顔で手を合わせた。

「では、変化《へんげ》と同じだ。姿を変えられるように、着ているものも着替えずに変えられる」

「あんまり考えずに、そういうもんだと思っとくといいさ。変幻自在ってわけ」

ちあきは十九郎の補足で納得した。

「変幻自在！　なんか、かっこいい！　忍者みたい」

「似たようなもんだよな」

ニヤニヤしながら十九郎は常葉を見た。常葉は主君に冷たい一瞥《いちべつ》をくれると、さっさと歩き出す。

「あっ、待って」

ちあきと十九郎は、常葉を追って門から出た。

楽しみだと十九郎は言ったが、なんの変哲もない、郊外の街だ。

昔から街道筋の宿場だったため、駅から少し離れたところに城址《じょうし》公園があり、その周囲は城下町だったという。以前、ちあきが住んでいたのは駅向こうのマンションだった。ここ数年、そちらの駅前は再開発ですっかり見違えて、城下町側にあった県道も駅向こうに移動していた。

駅向こうはちょっとしたオフィス街で、ビルもあり、市役所や警察署もある。駅のこちら側は近代的な雰囲気はさほどなく、駅からの主要な通りや北側にある国道を逸《そ》れると、古い家や田畑ばかりだ。

小高い山にある城址公園は、お城好きなひとたちがたびたび訪れる程度には有名だった。この地方は戦国武将がたくさんいたが、時代が過ぎると誰のものでもなくなったお城は打ち捨てられ廃城になった。だから城郭が残っていない。小学校のときの遠足で城址公園まで登ったので、ちあきもその程度の知識はあった。

「なるほど、このへんだったのか……」

歩きながら見えるお城はレプリカだ。ちあきが説明すると、常葉は歩きながら感心した。

「従姉《いとこ》のお姉さんが歴女で教えてくれたんだ。あっ、歴女って言うと怒るけど」

いちばん年が近い母方の従姉は大学生で、歴史ものがすきだが、それ以外でも趣味が幅広く、ちあきとはマンガやアニメの話が合う。従姉が中学生のときにだいじに読んでいた本も借りたくらいには親しい。

「ふつうの街だな。よかったよかった。あやかしがうようよしてたらどうしようかと思ったぜ」

十九郎が独りごちた。

「あやかしがうようよしてたら困るの？　見えないならいいんじゃない？」

あやかしを、ちあきは、虫や菌のようなものと考えていた。ちいさい虫や細菌は肉眼では見えないが、いる。それと同じと考えれば、納得できたのだ。

「見えないなら見えないでいいけど、人間にちょっかいを出すやつもいるからな。俺はそういうのを見つけたら、なんとかしなきゃいけないんだよ。仕事なんだ」

「仕事って、そんな仕事、あるの？」

胡散臭《うさんくさ》く思ったちあきが顔をしかめると、十九郎は笑った。

「あるさ。正式な仕事でもないし、あやかしが見えるやつなんてめったにいないから、たまにしか仕事の依頼はこない。でも本気で困ってるやつしか頼んでこないから、報酬は破格なんだぜ。こっちも命がけでやるから、それなりにいただかないと困るんだがな」

「あやかしに困るって、たとえばどんな？」

まったく想像がつかないので、ちあきは質問を重ねた。

「そうだなあ……死んだ人間が、恨んでる、とか出てきたら、それを追い払うとか、わけを聞いてなんとかするとか、ってやつかな。だいたい最近はそんなんばっかりだよ。ほんとのあやかし……たいていは動物だったりするんだが、そういうのは少なくなった。昔ながらのあやかしは、山にいるからな。山が切り開かれると、いなくなっちまう」

「山にいた動物みたいに？」

「そうそう」

十九郎がうなずく。ちあきはなんだか申しわけない気持ちになった。

山を切り開くと、動物は棲《す》む場所がなくなって死んでしまう。だからむやみな開発はよくないと兄が言っていたのを思い出す。このあいだも、遠くの街で山からおりてきた熊が駆除されたニュースをTVで見た。駆除と言うが、つまり射殺だ。

ちあきは、熊がかわいそうだと思った。しかし熊がおりてきた街のひとたちには迷惑でしかない。それくらいはわかるし、兄も言っていた。街におりてきた熊は、人間を怖れなくなる。やがて人間を喰《た》べるようになるだろう、と。もし人間が喰べられたら、熊がかわいそうなどと悠長なことは言えない。

人間の都合で殺される動物は気の毒だが、だからといって喰べられるのも勘弁してほしい。人間の味を憶《おぼ》えた肉食獣を放置したら被害が増えるだけなのは考えればわかる。だから、殺すしかない。それが人間の世界だ、と兄は言っていた。

ちあきはその話を聞いたとき、兄がむかし読んでくれた、サーカスのライオンが、育てくれた犬を母親だと思い込んでいた絵本を思い出していた。引き離された母に会いに行こうとサーカスから逃げたライオンは、最後には殺されていた。てっきりライオンが母と再会できると思っていたちあきは、泣いて、どうして?と兄に尋ねた。

いくらおとなしい、人間を喰べることを知らないライオンでも、逃げたら殺される。人間の世界のルールだからしかたがないのだ、と説明する兄は、悲しげだった。当時はまだ獣医ではなかったが、兄は動物を好きでも、むやみに庇《かば》ったりしなかった。脚の骨を折ったサラブレッドの馬が安楽死させられるのも、生きていられなくなるから、と教えてくれた。口蹄疫《こうていえき》の牛や豚コレラにかかった豚や鳥インフルエンザになってしまった鶏も、そのままにしておけば病気が広がるし、治療しても食肉に適さなくなるから、殺すしかないのだと。

人間の世界に生きていれば、人間の命を優先せざるを得ないのは仕方がないのだ。おそらくあやかしも同じなのだと、ちあきは考えた。

「なんかね、そういうのって、残念だよね……」

「残念、とは」

常葉が問う。

「仲良くできないんだなって」

「誰も彼もと仲良くする必要なんてねえだろ」

十九郎は肩をすくめた。「あやかしだって、昔は人間を喰《く》らったりしてたんだぜ。今は人間が対抗する力をつけたから、追い払ったりあの世に送り出したりできる。俺たちもあやかしも、そういう仕組みの中で生きてるんだから、しょうがねえよ」

十九郎は、ちあきの肩をぽんぽんと叩《たた》いた。慰められているのだろうか。

「あまり気にしないでくれ。今ではあやかしも暗がりに身をひそめていて、めったに人間に近づきはしない。それに、あやかしでも人間とうまくやっていけるものもいる。俺のように、な」

常葉がやさしく言った。ふたりともやさしいな、とちあきは思った。昨日会ったばかりで、昨日の夕方はまだ一緒に暮らすのはいやだと思っていたのに、自分がこの尋常でない状況に慣れてきていると、ちあきは気づいた。

「ねえ、常葉さんはどうして十九郎の従者なの？　二歳からって、自分でなりたくてなったの？」

駅までの道は、歩くと少し遠い。祝日だからか、車がやたらと多かった。通り過ぎる車を眺めながら、ふと疑問に思ったのでちあきは尋ねる。

「どうして……」

見ると、常葉は少し困った顔をしていた。

「そういうしきたりさ」

十九郎が代わりのように答えた。「俺のじいさん……俺の一族の長老が、以前に猫神を助けたんだ。猫神は、助けてもらった礼にと、自分の子を、じいさんの養子、つまり俺の親父にくれたんだよ。従者として差し上げると。それに、これから世の中は変わっていって、あやかしが生き延びるのはむずかしくなる。だから人間の世で暮らさせて、人間とうまく共存できる方法を探させたいってな」

「へえ」

しきたりと言うからには昔からかと思ったが、たいして昔でもなかった。

「親父は最初、じいさんちに養子に来たお祝いで猫をもらったと思ってたらしいが、その猫がどんどん大きくなるし、そのうち人間に変化もするようになって、やっと、ただの猫でなく自分の式神だとわかったらしい。それで、先に式神のほうが子どもをつくったんで、こいつは俺より年上なんだ」

「じゃあ、幼なじみで兄弟みたいなもんだね」

「そうだな。高校も大学も一緒だったし」

「え、常葉さん、学校行ってたの？」

これには驚いた。すると常葉は声を立てて笑った。

「いや、その……確かに俺は、こいつが学校から逃げ出さないように見張るために一緒に行っていたが、学校に在籍していたわけではない。人間ではないので戸籍がないし、従者として仕えているのに、学費など余計な出費をさせるわけにはいかないからな」

「でもこいつ、いつも俺の影に入って授業をちゃんと聞いてたから、俺より頭、いいんだぜ。なのに、試験のときに答えを教えてくれないんだ」

「そりゃそうでしょ」

十九郎の言葉に、ちあきは呆《あき》れた。影に入るとはどういう意味なのかはわからないが、試験は自分のために受けるものだ。答えを教えてもらうのはよくないだろう。

やがて駅の近くになった。駅前はロータリーになっていて、バスターミナルがあり、バスが停まっていた。特に変わったところのない、ふつうの駅だ。近くにはショッピングセンターのビルもあるが、いわゆる駅ビルはなく、ロータリーの上は歩道橋だけだ。駅の改札のそばにコンビニとファストフードショップはある。

「ここが駅だよ」

手前の交差点でとまってふたりを振り返ると、晴れた空の下に城址公園の山が見える。

「なるほど、だいたいわかった」

常葉はうなずいている。「買いものはあそこで?」

常葉が、ショッピングセンターのビルを見た。

「うん。地下が食品売り場なの。でも」と、ちあきは城址公園に向かう道を指した。「あっちのほう、県道沿いにはもっとお店があるから、そっちでも買いものすることはあるよ。

――ほかに何か知りたいこと、ある?」

「君の学校は? 念のために知っておきたい。何かあったとき、連絡しないといけないが、俺たちにその手段はないので……」

「学校に行くのはいいけど、もしかして常葉さん、携帯電話、持ってない?」

「ない」

きっぱりと常葉は答えた。

「俺も置いてきたな。まさか長逗留《とうりゅう》になるとは思ってなかったから。苦手だし……」

十九郎が肩をすくめた。ならば学校の場所は知っておいたほうがいいだろう。十九郎は兄のスマートフォンを使えばいいのではとちらりと思ったが、兄のプライバシーに関わりそうな気がして、口に出すのはやめておいた。

「わかった。じゃあ、学校寄ってから帰ろう」

ちあきは学校への道を歩き出す。

学校は家と駅の中ほどにある。道を折れて家々のあいだを歩き、十分ほどで学校だ。

「ここだよ」

辿《たど》り着いた学校の正門は、祝日なのにあいていた。正門から入ってすぐの校舎のそばには何台か車が停まっていたので、先生たちが来ているようだ。二年生はキャンプがあったので休みだが、他学年は祝日でも部活動で来ている生徒もいるようで、校内から何かの練習の声が聞こえた。キャンプに行っていた二年生が来ていなくても、一年生やまだ引退していない三年生が登校しているのだろう。

「学校って不思議だよなあ。何かしらいるから」

正門のそばから校舎を眺めて、十九郎が呟《つぶや》いた。

「えっ。なんかいるの？」

ちあきはぎょっとする。

「いるっていっても、守り神みたいなもんだぜ。生徒が無事に卒業できますように、って先生たちが思ってるだろ？　そういう気持ちが、守り神になってるんだ。そう考える先生が少ないと、守り神の力も弱いけど」

「へえ……」

ちあきは学校がきらいではない。むしろ好きだ。毎日、友だちに会える。勉強も、わからないときはたいへんだが、今のところ困ってはいない。多少、数学がむずかしいくらいだ。いじわるをされたり、いじめられたりもしていない。ちあきの近くではそんな気配もないので、存分に学校を楽しんでいた。

ちあきと違って、学校をきらいな生徒もいる。だけど、先生たちは、無事に卒業できるようにと心を砕いてくれているのを、ちあきは知っていた。だから、十九郎の言う守り神の力は、きっと弱くはないはずだ。

「うちの学校は、ふつう？」

「うん。すごくふつう。まあ、ぐれてるやつも不登校の生徒も、ふつうくらいっぽいな」

十九郎は正門から見える校舎へ目を走らせながら、ちょっと笑った。「たちの悪いやつもいなさそう。今のところはだが」

「だったらよかった」

今のところというのが少しひっかかったが、先のことも昔のことも、ちあきにとっては
どちらも同じ、遠い話だ。

「じゃあ、帰ろうか」

「そうだな。いい散歩になった」

「帰りは、いつも君が通る道にしてくれないか、ちあきさん」

「うん、いいよ」

常葉に言われてうなずいたときだった。

「七尾《ななお》さぁん」

呼ぶ声がどこかから聞こえた。ちあきはきょろきょろしてあたりを見まわす。

すると、校舎からジャージ姿の生徒が出てきた。

「西野《にしの》さん」

びっくりした。同級生だ。

「どうしたの、おやすみなのに」

西野が近づいてくる。

「それはこっちの台詞《せりふ》だよ」

ちあきが返すと、西野はちあきのそばにいたふたりを見て、びっくりした顔をした。

「お兄さん……と、お友だち？」

どうやら彼女は、常葉の美貌《びぼう》に驚いたようだ。それもそうだろう。ちあきはすっかり慣れてしまったが、常葉は、TVに出ていてもおかしくない見た目なのだ。しかも常葉は着物姿である。若くて外国人めいているのに着物姿なのは、明らかにめずらしい。とはいえ、ここに来るまですれ違った誰も、常葉に驚いたそぶりを見せていなかった。

「うん、そう」

ちあきは平然とごまかした。ほかに説明のしようがなかった。

「こんにちは」

十九郎が元気よく言う。兄の声だ。ぎょっとして見ると、十九郎は兄の顔になっていた。どういうことなのか。訊《き》きたかったが、我慢した。

「こんにちは」

常葉が遅れて挨拶《あいさつ》をする。その手が十九郎の後ろに回っているのを見て、何かしているのだなとちあきは気づいた。

「お兄ちゃんと散歩してたの。このひと、お兄ちゃんの友だちで常葉さんっていうの。きょうからしばらく、うちに住むんだよ」

ちあきは適当に話を作った。兄が死にかけていて、その体に十九郎が乗り移っているとか、常葉は十九郎の猫神だとか、説明するよりましだと思ったのだ。それに今後、常葉がこのように同級生に会うかもしれないから、予防線も張っておきたかった。

「ええ。こんなきれいなひとが一緒に住むの？　いいなあ！」

西野はうらやましそうに言った。それから溜息《ためいき》をつく。

「それより西野さん、部活に出てるの？　キャンプから帰ってきたばっかりなのに疲れてないの？」

「妹がゆうべから発作を起こしてて、家にいづらくって」

西野はこぼした。「それで、部活があるからと思ってせっかくだから来ちゃったの。でも、休みの日は本館しか、その……トイレ、使えないから」

言いにくそうに西野は説明した。体育館は運動場のそばにあり、本館からは遠い。体育館のトイレはきちんと掃除されていたが、古くて和式しかないので、よほどのことがないかぎり、みんな使いたがらなかった。いつも途中の教室棟のトイレを使うが、祝日は職員室のある本館しかあいていないのは、さすがに二年生なのでちあきも知っていた。

「そっか。たいへんだね、妹ちゃん」

トイレのことにはふれずに、ちあきはそう返した。

「うん……公園で鳥を助けたんだって。あの子、アレルギーがあるから、うちは動物飼えないのに、今でも鳥を飼いたいって言ってる。前、飼ってたしね」

西野はまた、溜息をついた。

西野は今年のクラスでちあきとは出席番号が前後している縁で仲良くなった同級生だ。体の弱い妹がいて、小学校に上がるまでは平気だったが、アレルギーを起こして、それまで飼っていた鳥は親戚《しんせき》にあげなければならなかった話を聞いたことがある。その鳥は親戚の家でちゃんと可愛がられているようなので、可愛がっていた西野は気の毒だが、それだけはよかったと思ったから、よく憶《おぼ》えている。

「妹ちゃん、早くよくなるといいね」

「ほんとにね。……あの、七尾さんのお兄さん、前にも訊きましたけど、アレルギーって、本当にもう治らないんですか？」

ちあきはぎょっとした。確かに、以前、西野が兄に会ったとき、その話題になったことはあった。

だが、今、兄は兄であって兄ではない。

おそるおそる見ると、兄は残念そうな顔をしていた。常葉は何故か、その兄の後ろに、隠れるようにしていた。

「そうだね……」

答える声も兄だ。「ごくまれに、治るという話も聞いたことはあるけど、ごくまれだしね。……治る、とはっきりとは言えないなあ」

口調も、声も、残念そうな表情も、何もかも兄のものだった。ちあきはぎゅっと手を握りしめた。

「そっかあ」

西野はしょんぼりした。「動物を好きなのにアレルギーがあるなんて、ほんと、かわいそうで……ぬいぐるみは平気だから、今はぬいぐるみと一緒に寝てるんです」

「治るといいね」

兄はそう、励ますように言った。


学校から遠く離れてから、ちあきは十九郎を見た。澄まし顔は十九郎の顔だ。

「ねえ、さっきの何？」

問うと、十九郎はにやっとした。

「最初はこいつにつねられて、おまえの兄ちゃんのふりをしたら、兄ちゃんが中からもりもり出てきたんだよ」

もりもりと言われてもピンとこない。とにかく、兄が助けてくれたのはわかった。

「背中をつねるとかひどくないか」

「背中がいちばん痛いからな。おまえが余計なことを言わないように、念のためだ」

十九郎に非難されても、常葉は平然としている。「何はともあれ、ちあきさんのお友だちに怪しまれなくてよかったじゃないか。お兄さんと会ったことがあるようだったしな」

「つねるのはひどい」

ちあきが正直に言うと、常葉は、えっ、という顔をした。

「そうだそうだー」

「し、しかし君、……こいつはふざけるとろくでもないことをするんだぞ」

十九郎と常葉の声が重なる。

「だってお兄ちゃんの体だよ。――十九郎、痛いのどこ？」

「ここ」

十九郎が背中を指すので、ちあきは腕をのばして撫《な》でた。

「ひどくつねられた？　まだ痛い？」

「いや、それは平気だ」

十九郎は真顔になった。「それよりおまえ、痛いのどこ、ここ、って言われて、男の体にやすやすとさわるんじゃないと、兄ちゃんが言ってるぞ」

「えっ、なんで」

「なんでも何も」

十九郎はもごもごした。「……いや、とにかく、いつもの調子で常葉がやったのは、悪かったよ。俺のせいでもある。俺の態度がいつもよくないからだな。常葉も、おまえの兄ちゃんの体だって、忘れてたんだろう」

「……そうだな。すまなかった」

常葉はちあきに向かって謝った。「中身はともかく、今は君のお兄さんの体だった」

「なんで俺に謝らないんだよ」

十九郎がぼやく。

「理由があるのはわかったけど……常葉さん。今は十九郎はお兄ちゃんの体だから、忘れないで。ひどいこと、しないでね」

そうは言ったものの、十九郎の体はどうなっているのか。今さらのように、ちあきは気になってきた。

「ねえ。十九郎がお兄ちゃんに乗り移ってるなら、十九郎の体はどうなってるの？」

「俺の体？　そのまま重なってるよ」

十九郎は曖昧《あいまい》に笑った。「でも実は、俺もどうなってるかよくわからん。この術は、何かあったとき、……命を分けてもいいと思った相手が死にそうになったら使えって言われて、じいちゃんに教えてもらったんだ。自分の体も重なるって言われただけで、実際はどうなってるかまでは知らねえんだよ」

「そういうもの、ってこと？」

「そうなるな」

十九郎は溜息をついた。「俺は説明が苦手だから、よくわからなかったらすまん」

「ううん、よくわからないけどそういうことってわかったから、いいよ」

答えながらちあきは考えた。

だが、考えるのも無駄な気がした。今はとにかく、十九郎は兄の体に入っていて、十九郎の体は兄に重なっているのだ。とにかくそうなのだ。

「あっ、そういえば……」

いつもの下校時と同じく角を曲がる。角を曲がった通りには、西野の家がある。

「あれ？」

何かが、ちあきの胸の奥にあるものを摑《つか》んだ。かすかに痛い。しかも、そのまま体が引っ張られて、よろけた。なんとか踏ん張るが、引っ張られるほうへ足を向けるしかなかった。

「おい！　どうした？　……えっ」

十九郎がちあきの腕を摑もうとした。だが、そのまま体を傾けて、十九郎もちあきと同じ方向へ引っ張られるようによろめく。

「ちあきさん？　ジューク、どうした」

「なんか引っ張られてる」

常葉の問いに、十九郎が答える。

「……ジューク、おまえ、光ってるぞ」

「おっ、ほんとだ」

十九郎がのんきに言った。引っ張られながら、ちあきは振り向いた。半歩後ろの十九郎の額の中心が、微妙に光っているような気がした。だが、明るいので、そんな気がしただけなのかもしれない。

「ちあきさんは、糸が出てる」

「えっ」

常葉は自分の胸の中心を指し示した。

「ここから」

ぎょっとした。目をやると、確かに自分の胸の中心から、糸のようなものが流れ、ふわふわしているのが見えた。

「えっ、何これ……」

「これはひょっとすると、ひょっとするな」

引っ張られているからか、つまずくようにして歩きながら、十九郎はきょろきょろとあたりを見まわす。

「あ、西野さんちだ」

気がつくと、いつも通る、西野の家の前にいた。そして、引っ張られるのが止まった。

ちあきは生け垣の前で、ぼんやりと西野の家を見上げた。まだ新しい家だ。生け垣はさほど高くない。

「ここにいる……かもしれん」

十九郎が、しゃがんだ。

「何してるの」

「花札、いねえかなと思ったんだけど」

「もしかしてそのせいで引っ張られたの？」

「たぶんな」

十九郎が足もとの隙間から中を透かし見ている。ちあきはあたりを見まわして、誰もいないことを確かめてから同じようにしゃがんだ。常葉はちあきが陰に入るように立ったままだった。

隙間から、庭と、その向こうにリビングの窓が見える。小学生の女の子が窓から外を眺めていた。窓はあいていて、声も聞こえた。

「ねえ、お母さん。鳥さん、飼っちゃだめ？」

「花菜子《かなこ》ってば、何言ってるの。発作であんなに苦しそうだったのに」

遠くから、母親の声がした。

「今は平気だよ！」

「だめです。また苦しくなるよ」

「吸入すればいいでしょ」

「もう。聞きわけなさい。体によくないんだから」

「なんでアレルギーなんか起こしちゃったんだろ……」

女の子が悲しげに呟《つぶや》く。

「ちょっと待て、ここにいるぞ」

ちあきの傍らで、十九郎が囁《ささや》いた。「花札が、……正確には、その神獣が」

「えっ」

「よし、見てくる」

振り向くと、立ったままだった常葉が、するりと姿を変えた。

なんとびっくり、彼はふつうのサイズの猫になった。しゃがんだちあきと十九郎のあいだで、猫はきりっとした顔を見せている。

「常葉さん……その大きさにもなれるんだ？」

だったら抱っこできるではないかとちあきが思ったとたん、常葉はごそごそと生け垣を抜けて、家の敷地へ入っていく。

「あっ、猫」

女の子の声がした。

「やだわ。どこの猫かしら。可愛いけど……」

母親の声がする。しばらくして、ばしゃっ、と音がした。思わずちあきは立ち上がる。

びしょ濡《ぬ》れの猫が、生け垣から出てくる。

「こりゃ災難だな」

十九郎は、ひそひそ声で言いながら、猫を抱き上げて立ち上がった。「よし、帰るまでそのままでいろよ」

「あっ、わたしにも抱っこさせて」

ちあきがねだると、十九郎は、へっ、と鼻を鳴らす。

「やだよ。これは俺の猫！」

早足で歩きながら、十九郎は自慢した。


帰宅して人間の姿になると、常葉は猫のときほどびしょ濡れではなかった。しかし着ているものは濡れているし、髪からはしずくが滴り落ちている。

濡れた常葉には庭に回ってもらった。

「水も滴るいい男じゃねえか、常葉」

リビングの窓をあけて開口一番、十九郎が常葉を見おろしてそう言う。

「いたぞ」

しかし常葉は十九郎の軽口に取り合わず、ちあきが渡したタオルで髪をがしがしと拭《ぬぐ》いながら、言った。

「いたって、神獣が？」

「ああ。鳥のようだ。庭の木にとまっていた」

十九郎はへんな顔をした。

「鳥ってさあ……神獣は、十二支になぞらえたんじゃなかったのかよ」

「そのはずだが……」

「十二支の鳥って、鳥類全般じゃなくて、鶏だろ？　木にとまってたって、ふつうの鳥だったのかよ」

「小鳥だった。しかし、見ればわかる。神気を纏《まと》っていたからな。大殿がそれなりに、女子に好ましい姿にしたのではないか」

「まあそれもそうか。じゃあ、ほかのもちょっと本来とは違うかもな」

「違うとしても、干支《えと》は実在する動物がほとんどだ。竜が微妙なだけで。……俺としては、だから竜がいちばん見つけやすいのではないかと思ったが……」

そこで常葉は、タオルを首にかけた。「ちあきさん。君はさっき、何かに引っ張られたように動いていたな。ジュークも」

「うん。胸の奥から、何か引っ張り出されるみたいな気がしたの」

「俺はここ」

　十九郎は額を指でつついた。

「あの花札は起動している。だから繋《つな》がったちあきさんが引き寄せられたんだろう。ジュークが引っ張られたのは、正確にはお兄さんの体が引っ張られたのではないかと思う。魂が半分、持って行かれているからな」

「なるほどね……つまり俺とこいつは、花札が近くにいたら引き寄せられるんだな。だとしたら、見つけやすいじゃねえか」

「とはいえ、……これは推測だが、お兄さんの魂は、十二の神獣が姿を変えたり動き回ったりするために使っているのだろう。見つけやすいにしろ、自在に動けるなら、多少手こずるな」

　常葉の顔には、まだ生乾きの髪が貼りついている。それを手で拭うように避《よ》けて、常葉は何か考え込んだ。

「……で、どうするの？」

　しばらく待っても何も言わないので、ちあきは口をひらいた。すると常葉は、うーん、とうなった。

「あの鳥は、俺が猫の姿で近づくと、怯《おび》えたようだったが、逃げなかった。話しかける前に、あの家の者に水をかけられたわけだが……つまり、あの鳥は、あそこにいたいのではないか」

「西野さんの妹ちゃんが飼いたいって言ってたの、もしかして、その鳥なのかな」

「そうかもしれない」

「神獣相手でも動物アレルギーを起こすのか……」

十九郎は釈然としない顔で唸《うな》った。

「それはともかく、鳥を捕獲しよう。一枚でも手に入れられれば、それをたどってほかの花札も見つけられるかもしれない」

「それはいいけど、どうする？」

十九郎はリビングの端に腰掛けて、常葉を見上げた。常葉は考え込むような顔をする。

「俺が夜中に行って、ひっ捕まえてきてもいいが……」

「ちょっと待って。それって、猫が鳥を捕まえるってことだよね。常葉さん、食べちゃったりしない？　爪で引っかけて怪我をさせるのもかわいそうだし……」

「それもそうか」

ううう、と常葉は唸った。

「わたし、ちょっとお見舞いに行くよ。妹ちゃんだったら知ってるから」

ちあきは提案した。「何かお見舞いになるもの……お菓子とか持ってく」

伯父《おじ》にお中元でもらったゼリーがまだいくつかあったはずだ。西野の妹のアレルギーの発作は、喘息《ぜんそく》のようなものだと聞いている。ゼリーだったらのどごしもいいだろう。

ちあきは台所に入ると、下の冷凍室をあけた。凍らせても食べられるゼリーだったので冷凍室に入れてあるのだ。いちばん暑い時季に食べようと思っていたものの、もったいなくてあまり食べずにいたため、まだかなり残っている。それを冷蔵庫のわきに引っかけてある保冷バッグに詰め込んだ。

「俺も行くわ。兄ちゃんのふりして」

「うーん、それはいいや。妹ちゃん、おっきい男のひと苦手だから」

「じゃあ近くまで一緒に行くのは？」

「だったらいいかな。外で待ってて」

「詳しい話を聞きたいから、俺がちあきさんの影に入るのはどうだ？」

常葉が提案した。

「影の中に入るって、どうやるの？」

「言葉通りだ」

常葉は真顔になると、タオルを畳んでリビングに置いた。

すっ、と息を吐く。

次の瞬間、常葉はするりと、ちあきの足もとに向かって消えた。

「おまえの兄ちゃんが、物理法則どうなってるんだって言ってるぞ」

十九郎が含み笑いをした。「おっと、俺に説明を求めても困るからな。式神ってのはこういうことができるんだよ」

「便利ねえ」

『便利というか、なんというか』

常葉の声が、どこからともなく聞こえた。

「あっ、ちゃんと会話できるんだ」

便利としか言いようがない。

「だけど、人前では話さないほうがいいな」と、十九郎が忠告した。

「気をつける。——じゃ、戸締まりして行こう」

ちあきは勢いよく、窓を閉めた。

西野の家を訪ねると、母親と花菜子が出迎えてくれた。

「あらまあ、こんにちは。美奈子《みなこ》は学校に行ってるけど。部活で」

玄関先で出迎えた母親はびっくりしている。そばにいた花菜子はうれしそうにちあきを見上げた。

「七尾さんだ！　いらっしゃい！」

「こんにちは。西野さんから聞いたんです。妹ちゃんが発作を起こしてるって。それで、お見舞いに、これを」

ちあきは手にした保冷バッグを花菜子に渡した。「ゼリーなの。それなら食べられるかと思って」

「あら……よかったわね、花菜子」

戸惑いながらも、母親は礼を述べた。

「いいの？　ありがとう！」

花菜子はうれしそうに笑った。

「花菜ちゃん、動物にさわっちゃったの？」

「うん……きのうね、公園で、猫さんがいて……鳥さんを獲《と》ろうとしてたから、だめって、止めたの。そのとき、さわっちゃって。きのうの夜、おねえちゃんが帰ってきたのに、お話しもできなくて……でも、今は平気だよ、吸入したし！」

「そうなんだ……」

「その鳥さんね、今、お庭にいるんだよ！」

花菜子は保冷バッグを持ったまま、サンダルをつっかけて外に出た。ちあきもそそくさとあとを追う。

「ほら、見て！　わたしが助けたの、わかって、ついてきたんだよ」

花菜子が示した先には木があって、枝に小鳥がとまっていた。

ちあきは驚いた。それを見た途端、今朝の夢を思い出したからだ。

夢の中と同じ小鳥が、木の枝にとまっている。そうとしか思えなかった。

「あの木はおじいさんのお気に入りの梅の木で、この家を建て替えたときも、傷めないように気を遣ったから、ちょっと心配なのよねえ」

後ろで母親が言う。

「だいじょうぶだって。お利口な鳥さんだから」

「でも、飼うのは無理よ。そりゃ、飼えたら飼いたいけど……どこかから逃げてきた鳥じゃない？」

うちからですよと喉《のど》まで出かかったが、ちあきはなんとか我慢した。

「どこかで探してるひとがいるかもしれないから、きいてみます」

ちあきは振り返って、母親に向かって言った。「お兄ちゃんの動物病院にも、そういうの来るから……」

「そういえば、七尾さんのお兄さんは獣医さんだったわね。……動物アレルギーって、治らないのよね」

「……治る薬とか、誰か開発してくれるといいのにって、兄も言ってます」

これは嘘ではない。動物を飼っていたのに、突然アレルギーを起こして飼えなくなった飼い主が、新しい飼い主をさがしている話を聞いたとき、兄はそう締めくくったのだ。

「ね、治る薬ができたら、まっさきにもらいにいくのに……」

花菜子は、木の枝にとまっている小鳥を見上げて、残念そうに呟《つぶや》いた。

花札の神獣が意外に近くにいることはわかってよかったが、どうやって捕まえるか。

「鳥は飛んでいくしなぁ……」

「鶏だったら捕まえやすかったのに、何故、あんなふつうの鳥にしてしまったのか」

夕飯が終わると作戦会議だ。

「お兄ちゃんの動物病院で探してるひとがいたって言えば、庭に入らせてもらえて捕まえられると思うけど……」

しかし、鳥を捕まえるには道具が要るのではないか。それに、飛んで逃げられたら元も子もない。

「ひとまず話してみるのはどうだ？」

「話してみる……話すって、言葉は通じるの？」

十九郎の提案は、なんとなく現実的ではないように思えた。

「そりゃ、通じるさ。猫にだって通じてるだろ」

そう言って、十九郎は隣に座る常葉の肩を軽く叩《たた》いた。

「神獣だから、ただの動物ではない。言葉は通じるだろう。しかし……何故あの鳥は、あそこから逃げないのか」

「妹ちゃん、言ってたでしょ。助けたって。だからじゃない？」

「そうなるとなかなかむずかしいな。恩義を感じていたら、それを返そうと考えているかもしれない」

「恩義、ねえ……」

ちあきにはピンとこない言葉だ。

「何はともあれ、今夜、行ってみるわ。俺、姿を消せるし。常葉、おまえも来いよ」

「……あの鳥、今朝の夢に出てきた鳥な気がする」

「夢って、どういう夢だった？」

十九郎が眉《まゆ》を上げた。茶化されると思ったら、真剣な顔をしている。

「詳しく聞きたい」

常葉も、真顔だ。ちあきは、かいつまんで夢の話をした。細部を忘れていたが、話しているうちに思い出してくる。

「自由になって遠くへ行きたいけど、淋《さび》しい、ねえ……」

「どっちかということだ。自由とはつまり、誰にも縛られないということだからな。淋しいとも感じるだろう」

「常葉さんは自由になりたくないの？　ずっと十九郎の手下なんでしょう」

「手下」

常葉は目を白黒させた。「従者で家臣だ。手下というとどうも人聞きがよくない」

「意味はほぼ同じようなもんだけどな」

十九郎が笑う。「とにかく、あの鳥は、淋しくて、助けてくれたあの子から離れたくないんだろう。だけどあの子は動物アレルギーで、鳥は好きだけど飼えない。――うまくいかねえもんだぜ」

「うまくいったらそれはそれで困るだろう」

「とにかく、今夜、みんなが寝ついたころに、俺と常葉で話をしてくる。それでうまくいきゃいいが……」

うまくいかないんだろうな、とちあきは思った。

予想通りになった。

「とにかくあの子から離れたくないってさ」

大急ぎで鞄《かばん》を手に階下へおりたちあきに、十九郎は昨夜の結果を報告した。「それと、俺が近くへ行っても、もう引っ張られる感じはしなかったなあ。……あいつ、弱ってるのかも」

「弱ってるって……」

花札の神獣をどうやって捕まえるか、考えていたせいで昨夜は遅くまでなかなか寝つけなかったが、十九郎と常葉が出ていったのに、ちあきはまったく気づかなかった。そのころには眠っていたのだろう。おかげで夢も見ずに熟睡して、ギリギリの時刻になるまで起きられなかったのである。しかも洗濯物を自分で干したのでますます時間が足りなくなっていた。

「遅刻しそうならとっととメシ食って行きな。帰ってくるまで俺たちがそれとなく見てるし、何かあったら常葉に学校まで行かせるから」

「ありがと！」

もう制服に着替えているので、あとは朝食を食べるだけだ。こんなふうに寝坊をして時間がないときは、いつもだったら適当に何か摑《つか》んで出るところだが、常葉がせっかくつくってくれたので急いで食べた。

「行ってきます！　留守番よろしくね！　でかけるときは戸締まりしっかりね！」

食べ終えたちあきは、常葉から受け取ったお弁当を鞄に詰め込みつつ、小走りで学校に向かう。急いでいたからか、それとも十九郎の言ったように神獣の鳥が弱っているからか、西野の家の前を通っても引っ張られる感じはなかった。

十九郎が、弱っていると言ったのが気に掛かる。

神獣も、何かあったら死んでしまうのだろうか。そうなったら、どうなるのか。

だが、今のちあきはとにかく遅刻せずに学校に到着することが重要だった。

なんとか間に合って、校門が閉まる前に滑り込めた。急いで教室へ向かう。

ちあきが着席すると、しばらくして担任が現れた。本当にギリギリだった。

慌ただしい朝とは裏腹に、その後は、一日、ふつうに過ごした。授業が済んで、掃除も済んでから帰りの会だ。

それが終わって解散になると、西野が近づいてきた。

「ねえ、七尾さん」

「あっ西野さん」

声をかけられてちあきはハッとした。きょうは西野と何も話していない。突然訪ねたことを訝《いぶか》しんで何か訊《き》かれるかと思ってなるべく避けていたのもあるが、西野も近づいてこなかったのだ。

「きのう、妹のお見舞いに来てくれたんだよね。ありがとう。妹、ゼリーおいしいって言ってたわ。お見舞いでもらったからって、ぜんぶ自分で食べちゃってたほどよ」

西野はどことなく上の空で言った。礼を述べているのに上の空なのは、ほかに何か気がかりなことがあるからかもしれないとちあきは思った。

「ううん、こちらこそ、急に訪ねてごめんなさい。お兄ちゃんが、アレルギーが出たのが気の毒だからお見舞いに持って行きなさいって言ってくれて」

ちあきはほとんど嘘に近いでまかせを口にする。だが、兄は以前から、動物を好きでもアレルギーのせいでさわれもしないひとを気の毒がっていたし、実際に気にしてそれくらい言ったかもしれないから、あながち嘘とは言い切れなかった。しかし、ゼリーは家族の人数分を持っていったつもりだったので、妹がぜんぶひとりで食べてしまったと聞いて驚いた。

「そうなんだ。お兄さん、やさしいね」

西野は溜息《ためいき》をついた。「……わたしもそういうふうに考えられたらいいのに」

教室は、下校に浮き足立つ生徒の声でざわざわしている。ざわめきに、ともすれば消え入りそうな西野のかぼそい声に、ちあきはドキッとした。

ちあきは兄に可愛がられている自覚がある。兄が中学生になってから生まれたせいもあるかもしれない。

母曰《いわ》く、兄は当時、反抗期に入っていて、乱暴な言動こそなかったが、両親の言うことをあまり聞かず、自室に引きこもってはラジオを聴いてばかりいたらしい。むずかしい時期だったから、赤ん坊が生まれたらますます拗《こじ》れるのではないかと、母は少し危ぶんでいたようだ。

しかし兄は、ちあきが生まれて、初めて、自分よりちいさくてかよわい生きものが、どれほど頼りないかを知ったと、以前、ちあきの誕生日に語ってくれた。

兄曰く、反抗期とは成長の過程における脳のはたらきで、反抗期を通過しないと自立が困難になる可能性もある……のだそうだ。自身でもどうにもできない心の動きは、成長に伴う脳の物理的変化だから、自身が反抗しないようにと努めてもどうしようもないのだと。酔ったときの兄の言葉なので、正確ではないかもしれない。

兄は反抗期に入ったまま、赤ん坊のちあきを可愛がった。なんでも自分が世話をすると言ってきかなかったほどだったらしい。おかげでちあきの母は、生後半年のちあきを保育園に預けてすぐに仕事に復帰できたそうだ。兄は学校の帰りに保育園までちあきを迎えに来てくれた。

兄の反抗期エネルギーは、ちあきの世話のために費やされたらしい。甲斐甲斐《かいがい》しくちあきの世話をしたので、兄は赤ん坊のおしめも替えられるし、ミルクも作れ、夜泣きのときはちあきをおんぶして公園まで歩いて、ちあきが寝ついてから帰ってくるスーパー子育て中学生になれたと自称する。育児の延長で兄は家事もするようになったのだ。

歳が離れていても、下に弟妹ができると、精神的に不安定になったり、弟妹をいじめたりする者もいる。むしろそちらのほうが多い印象が、ちあきにはある。年上だから、年下より偉い、と言われると、わかるようなわからないような気持ちになってしまうちあきだった。

西野も、妹と少し歳が離れている。小学校に上がる前後に生まれたので、母には入学式に来てもらえなかったと、西野が淋しそうに語っていたのをちあきは思い出した。彼女も、妹に思うところがあるのだろうか。

「西野さん……」

「妹がもっと健康だったらいいのにって思っちゃう。あの子のせいじゃないのに。発作が起きるとお母さんはかかりっきりになるし、お父さんはおろおろするし……わたしだけ冷静で、なんだかすごく薄情な気がしてくるの」

西野の言葉に、ちあきは思わず首を振った。

「そんなことないって。ほんとに薄情なひとは、自分が薄情な気がするとか思わないよ」

ちあきが慰めると、西野はちょっと笑った。

「七尾さんみたいに考えられるといいなあ。……妹が発作を起こすから、親戚《しんせき》に鳥をあげちゃったけど、もともとはわたしの鳥だったのよ……だから、妹がいなかったらいいのにって思ったこともある」

「わかるわあ。そりゃ、いなかったらいいなって思っちゃうよね」

ちあきがそう言うと、西野はびっくりしたような顔になった。

「えっ……」

「だって、そうでしょ。西野さんの鳥の話、前にちょっと聞いたことある。可愛がってたんでしょう？」

前に同級生が、飼っている犬をおばあちゃんに川原に置き去りにされて探しにいった、という話をしてくれたことがある。無事にその犬は見つかったが、鳥を親戚に譲ってよかったのかもしれないと、そのとき西野は言っていたのだ。鳥は今でもその親戚の家に西野が遊びに行くとよろこんでくれるという。へたに籠《かご》から出して放されていたらどうなっていたか。考えるだけで気の毒な気持ちになるのはちあきにもわかった。

「思うだけなら、悪くないでしょ。だって西野さんは、いなければいいと思っても、妹ちゃんをいじめたりしてないよね」

「自分より弱いちっちゃい子に意地悪しても、自分がいやな気分になるから……」

まじめだなあ、とちあきは思った。西野が思い詰めているのだとも感じる。妹の存在がストレスなのだろう。

犬が吠《ほ》えるのは、怯《おび》えているからだと兄に教えられた。弱い犬ほどよく吠える、というやつだと。それを人間に当てはめると、大声でやたらと騒ぐ者は、自分を誇示しているか、自分は弱くないと示しているのだ、と。

六年生のとき、授業中に騒ぎ立てる男の子がいて、先生も扱いに困っていた。その子は最初、ちあきに意地悪をしてきた。ちあきはそれを受けて立ち、なぜそんなことをするのか、かまってほしいならそう言え、と言い放った。怒った相手に突き飛ばされたちあきは、お返しに相手に頭突きをして、つかみ合いの喧嘩《けんか》になり、そのあとは双方の保護者が呼び出され、ちあきは親の代わりに兄が来て、教頭も交えて説教を受けた。

彼は以来、ちあきにはかまわなくなったし、ほかの誰とも話さなくなり、欠席が多くなり、夏休みが終わったあと、いなくなった。夏休みのあいだに両親が離婚して、母親の実家に引き取られたと聞いた。

呼び出しに応じて来てくれた兄に報告すると、彼が騒ぎ立てていたのは、家庭内でストレスを受けていたからではないかと分析していた。ちあきに対する意地悪も、そのストレスが引き起こしたか、あるいは助けてほしいというSOSだったのではないか、と言われても、ちあきは釈然としなかった。

助けてほしいならどうして意地悪をしたのか、当時はわからなかったが、今は少しだけわかる。そうすることでしか、誰かと関わりを持てないのだ。かわいそうだなとちあきは思ったが、だからといって意地悪をされるのを黙って受け容《い》れるのもおかしな話だ。

西野はストレスを溜《た》めても、誰かに意地悪をして発散するわけではない。可愛がっていた鳥を手放さなければならなかった原因の妹にさえ当たったりしないのだ。熱心に部活動をしているからスポーツで鬱憤《うっぷん》を晴らしているのかもしれないが、それでも足りないのだとしたら、つらいだろう。

「動物アレルギーは治らないことが多いって、お兄ちゃんは言ってたけど……でも、大人になって家を出たら、飼えるようになるよ」

「それは、考えてる」

西野はちょっと笑った。「お父さんもお母さんもきらいじゃないし、……妹も、発作を起こすと見てるだけしかできないのがつらいだけで、きらいじゃないのよ。だから、高校は下宿できるくらい遠くに行きたいんだよね。バレーもできるところ……鳥は飼えないかもしれないけど……」

「きらいじゃない、なんて、西野さんは恥ずかしがりだね」

ちあきは思わず笑った。「妹ちゃんを好きだから、つらいんでしょう」

西野は目をしばたたかせた。

「……七尾さんって、なんか、すごい」

「わたしはときどきすごいって、お兄ちゃんも言ってるよ」

自分がすごいかどうかはわからない。どちらかというとすごくないほうだと思う。ちょっと無神経なところがあると揶揄《やゆ》されるときもあったし、大雑把だと先生に注意されることもある。だけど、兄がすごいと言ってくれるので、すごいところもあるのだろう。そう思っている。

「家族を好きっていうの、苦手。前のクラスで仲良かった子が、すごく愚痴ってたから、家族が好きで仲がいいのがおかしいのかなって思っちゃったし……」

「そんなの、よそはよそ、うちはうちってやつじゃない？　気にすることないよ」

ちあきが笑うと、西野も笑った。

ちあきはホッとした。自分がくだらないことを言って相手が元気になると、ちあきはホッとするし、うれしいのだ。ピエロみたいと誹《そし》られたときもあったが、それでもべつにかまわない。自分の言動を軽んじる相手とは合わないのだから、深くつきあう必要などないとも思う。

患畜が亡くなったとき、兄は悲しんで、仕事から帰ってきてもあまり口も利かない。そんな兄の悲しみを、少しでもなんとかしたいと思ううちに、ちあきはなるべくひとを笑わせたり、そうでなくとも悲しい気持ちを紛らわせる言動をしたりするようになった。兄は仕事で落ち込んでも、ちあきが話しかけると絶対に答えてくれるから、少しでも悲しみから遠ざけたかったのだ。

そんな兄を取り戻すためにも、早く花札を集めて、兄の魂を取り戻さなければ。ちあきは改めて固く決意した。

そんなちあきでも、祖父が動かなくなり冷たくなったときは幼かったのもあって、もう会えないのだと言われて悲しくて泣いた。燃やすのはいや、と言ったら、放っておくと蛆《うじ》が湧くぞ、と祖父の息子である父が言ったので、燃やしたほうがましなのだと思い直した。火葬場まで行ったのも初めてで、祖父の骨を拾ったときも、泣いた。父も泣いていたが、おじいちゃんはもう苦しくないんだよ、と慰めてくれた。

帰り道すがらそんなことを考えながら西野の家の前を通ったが、朝と同じくなんの気配も感じなかった。

登下校時は必ず西野の家の前を通るから、西野が部活に出ないときは一緒に下校するときもある。きょう、西野は部活だった。バレーが好きなのだ。ちあきの中学は県大会でベスト8になるくらいには強いので、楽しいのだろうなとちあきは思う。

西野の家の前で、ちょっと立ち止まった。やはり、昨日のような引っ張られる感じはない。鳥は弱っているのか、それともいなくなったのか。しゃがんで生け垣の隙間から覗《のぞ》いても、よくわからない。西野の妹も、きょうは学校へ行けたのだろう。TVの音がかすかに聞こえるような気がしたが、誰の声もしない。

常葉のように猫の姿になれればいいが、残念ながらちあきにそんな力はない。生け垣の下から覗けるのはやはり庭の下のほうなので、鳥のいる木も根もとしか見えなかった。

道端でしゃがんでいるのを誰かに見られたら怪しまれると思い、ちあきは早々に立ち上がって帰路についた。


夕食のあとで、十九郎はもう一度、ようすを見に行くと言った。

「いいけど……わたしも行っちゃだめ？」

「……そのほうがいいかもしれない」

常葉は溜息《ためいき》をついた。「といっても、術をかけないとだめだな」

「術？」

ちあきは思わず目を瞠《みは》った。

「姿隠しの術か？　俺は無理だぜ。あんなんできねえ」

十九郎が肩をすくめた。

「えっ、透明人間になれるとか？」

ちあきはわくわくした。兄がいないし、目の前で食卓についている男ふたりは、ほぼ知り合ったばかりだ。不安しかない状況だが、知らない不思議なことを聞くと胸が躍った。

「いや、そういうわけではないが……」

常葉は溜息をついた。ちあきは呆《あき》れられたかと思ったが、十九郎を見ているので違ったようだ。

「何その顔。おまえができるだろ？」

「そうだが……」

「おまえができることは、無理に俺ができるようにならなくてもいいんじゃねえの」

「……なんだろう……もやもやする……」

常葉は呟《つぶや》いた。いつもの口調でなくどことなく幼げだったので、初めてちあきは、常葉をきれいというより可愛いと思った。

「俺がいけないのか？　術使いなのに、満足に使える術が少ないとは、やはりお目付役として、俺がちゃんとしていないからか？　教えても憶《おぼ》えない……」

「何言ってんだよ。いつものことじゃん。それに俺が術師としてへぼでもべつにかまわんだろ。おまえを使役できてるんだから」

「十九郎ってば、常葉さんをこき使ってるの？」

ふたりの会話から察して尋ねると、十九郎は軽く目を瞠ってちあきを見た。

「こき使ってるとは人聞きの悪い。俺は俺にできないこと以外、しないだけだ」

「人聞きが悪いんじゃない。事実だ」

ふたりの声が重なる。

ちあきはふたりを見比べてから結論を出した。

「こき使ってるんだね。そういうの、どうかと思うよ」

ちあきはきっぱり言った。十九郎がニヤニヤする。

「けど俺は主君で、こいつは家臣なんだぜ。それに、こいつは優秀な式神だ。本来なら、人間しか使えない術も使える。姿隠しの術もそうだだな。もともとは人間の使ってた眩惑《げんわく》の術を自分なりに編み直したんだ」

「そういう説明はいいから」

キッ、とちあきは十九郎を睨《にら》んだ。得意気だった十九郎は、ぎょっとした顔になる。常葉は戸惑ったように目をしばたたかせていた。

「あの……ちあきさん？　その、これはいつものことだが……」

「常葉さんは黙ってて」

ちあきが言うと、常葉は目を白黒させた。

「ねえ、十九郎」

「……なんだよ」

十九郎は眉《まゆ》を寄せていた。困っているのか怒っているのかわからない顔つきだ。

「自分ができないことをひとにしてもらうのは、わかるよ。そういうの、相互扶助っていうんだって。助け合いのことだよ。わかる?」

ちあきの言葉に、十九郎は目を白黒させた。

「お、おう」

「十九郎は主君で、常葉さんは十九郎の従者で家臣だけど、助けてもらったら、ちゃんと主君として報いてるの?」

十九郎は、うぐっ、と唸《うな》った。

「報いてって……おまえ、なんでそんなむずかしいこと言うんだよ」

「何もむずかしくないじゃない。ひとは、誰かに助けてもらったら、その相手にじゃなくても、同じように誰かを助けるようにしたほうがいいんだよ。お母さんが言ってた。そういうのって、めぐりめぐって自分のためにもなるんだって」

「そういうの打算的じゃない?」

十九郎は、へらっと笑った。ちあきはイラッとした。自分より年上なのに、まじめな話を茶化すつもりなのがわかった。

「打算的なのは決して悪いことではないって、お父さんも言っていたよ」

「おまえの父ちゃんは賢いな。でもそういうのって薄情なんじゃねえの」

「そういう話じゃないでしょ」

また、ちあきはイラッとした。十九郎は自分に都合のよくない話を、明らかに逸《そ》らそうとしていた。しかも、父を薄情などと言われたのだ。苛立《いらだ》つのも無理はない。ちあきは父を尊敬している。さすがに「薄情」が褒め言葉でないことはわかった。

「けどよ、事実じゃん」

十九郎はヘラヘラしている。

ちあきの中で、何かがぶちっと音を立てて切れた。たぶん、堪忍袋の緒というやつだったのだろう。

「ほんとだったら十九郎は他人だからわたしがこんなこと言う筋合いじゃないわ。それこそ、お目付役の常葉さんが言って聞かせるようなことでしょ。だけど、言ってもきかないんだよね。それに、今は十九郎は、わたしのお兄ちゃんの体に入ってる。お兄ちゃんの体の中にいるあいだは、そういうのやめて」

ちあきは早口で一気に言い切った。十九郎と常葉が、ぽかんとする。

「そ、そういうのって……」

「真剣な話をしてるときに、笑ってごまかそうとしたり、茶化したりする態度を取らないでってことだよ。そんなの、ちっちゃい子しかしないよ。十九郎は大人じゃないの？　図体が大きいだけの子どもなの？」

さっ、と十九郎の表情が変わった。怒らせた、とちあきは怖くなった。だが、自分は間違っていない。そう思った。それに、十九郎がちあきの指摘で怒るのは、事実だからだ。

次の瞬間、十九郎が頭を抱えた。

「やめて！　内側から殴るのやめてくれ！」

十九郎は椅子ごと仰《の》け反った。椅子の背が食器棚に当たる。

「すみません俺が悪かったですごめんなさい！」

「……ちあきさんのお兄さんがお怒りのようだ」

喚《わめ》く十九郎を、常葉が冷たい目で見て呟く。

しばらく十九郎は唸ったり呻《うめ》いたりしていたが、やがて涙目で椅子に座り直した。

「なんだよこれ……孫悟空《そんごくう》の頭の輪っかみてえだ。頭の中でめちゃくちゃ怒鳴られた……頭がガンガンする……まじで痛い」

十九郎はそう言いながら、ぐすっ、と鼻を鳴らした。

「おまえ……中学生の女の子に説教されて、自分が情けないと思わないのか」

「情けない気持ちだけどたぶんおまえが言ってる意味とはだいぶん違う」

十九郎は拗《す》ねたように早口で呟いた。悪びれていない態度にちあきはまた、イラッとした。兄が頭の中で怒ったのに対して被害者面をしていると思えて、ちあきは本格的に腹が立ってきた。

「話を戻すけど」

ちあきは十九郎をじっと見つめて、感情のままにつづけた。「ひとがまじめなときには、ちゃんとまじめに話を聞いてくれる？」

「は、はい……」

十九郎はへどもどしながらうなずいた。

「じゃあ、さっきの話のつづきね。十九郎は常葉さんが尽くしてくれるのに胡座《あぐら》をかいて、なんでもやらせてるように見えるけど、これは間違ってるかな？　わたしの気のせい？」

異様に早口になっているのが自分でもわかる。だが、こうなるともう止まらないのもいつものことだった。

ちあきはたまに、どうしようもなく切れる。たいてい、理不尽なことを目の当たりにして、どうしても納得できないときだ。そうなると堰《せき》を切ったように感情が溢《あふ》れ出してしまう。腹は立つが頭は急速に冷えて、対峙《たいじ》した理不尽を解きほぐしたくなる。兄はそんなちあきを、瞬間湯沸かし器だ、と呆れ、他人には我慢するように、と説いた。だからさすがに学校では手当たり次第にやったりしない。今では、だが。

「……気のせいじゃねえだろ。たぶんそうだな」

十九郎はぶすっとしたが、すぐに顔をしかめた。中で兄が何か言っているか、したのかもしれない。

「常葉さんがそれでもいいなら、わたしが口出しするなんて、おこがましいよね。でも、常葉さんは、十九郎に、術を使えるようになってほしいと思ってるみたいだけど、……ですよね？」

ちあきは常葉を見た。常葉は黙って、こくこくとうなずく。よほど驚いたのか、目がまんまるだ。

「でも、十九郎はちゃんと教えてもらってもできないんだよね。それって、十九郎がどうしてもできないことなの？　動物アレルギーみたいに、自分でもどうしようもないことなの？　だったらわたしがとやかく言う筋合いじゃないけど……」

ちあきは言葉を切った。十九郎は眉を寄せて、黙ったままだ。

「でも、もしそうじゃないなら、……もし、努力をするのがいやでやらないだけだったら、そういうの、どうかと思うよ。べつに十九郎の人生だから、すきにすればいいけど、お兄ちゃんの体で、やったらできるかもしれないことをやらないで、常葉さんを顎《あご》でこき使ってほしくない。お兄ちゃんはそんなことしないよ。お兄ちゃんはそんななまけものじゃないもん。——十九郎がそんなだと、お兄ちゃんが汚れる気がする」

ちあきはそこでやっと、自分が沸騰してしまった意味を理解した。

十九郎がどんないい加減でちゃらんぽらんでも、十九郎自身のままだったら、特に気にしなかったはずだ。十九郎はそういう人間だ、と思うだけだったろう。

だが、今の十九郎は、兄の中に入っている。兄の体で話すし、ごはんも食べる。

だから、兄がしないような、ひどいことはしてほしくないと思ってしまったのだ。

そう考えるのは、自分のわがままだろうかとちあきは思った。しかし、言わずにいられない。十九郎にとって余計なお世話だとわかっていてもだ。

「汚れるって……」

十九郎は茫然《ぼうぜん》とした。「おまえ、それは……ひどいんじゃねえの」

悲しそうな顔の十九郎に、ちあきはぴくりとも心を動かされなかった。

「十九郎がお兄ちゃんの体でよくない態度を取ると、お兄ちゃんの顔に泥を塗られるんだよ。わかる？」

言いつのると、十九郎は愕然《がくぜん》とした。口をぱくぱくさせている。何か言いたいのだろうが、言葉が出てこないようだ。

「それに十九郎、主君だって威張るなら、家臣を悲しませたり、恥ずかしがらせたりするようなことはしないほうがよくない？　わたしはまだふたりのことよく知らないから、常葉さんが尽くしてくれるのに、十九郎は威張ってるだけに見えるんだけど、わたしの知らないところで、労《いたわ》ったり感謝したりしてる？　そういうのがなかったら、常葉さんが磨《す》り減っちゃうよ」

沸騰すると先生にも理詰めで反論するので、可愛げがないと言われる。正論は相手を追い詰めるだけだと兄にも諭された。だとしても、今回はどうしても言わずにいられない。何故なら、十九郎は今や半分は兄だからだ。もし、兄が十九郎のような言動をしたら、もっとヒステリックに怒ったかもしれない。といっても、兄は十九郎のような態度を取ったりは決してしなかった。十九郎のような態度は幼稚だと、わかっているからだ。十九郎にはわかっていない。だったらわからせるしかない。

「か、感謝は……してる」

十九郎は言いにくそうに口をひらいた。

この手の、すぐに何ごとも茶化すような性格では、まじめな話のときは苦しいのだろう。小学校のとき十九郎のような態度を取る同級生がいて、先生によく叱られていた。彼が先生に、どうしてまじめになれないのかと問われたとき、苦しくて居づらくなるのだとぼそりと答えていたのを思い出す。いつもおちゃらけている自分がまじめになるなんて、らしくなくて恥ずかしくて、どこかへ逃げてしまいたくなると。先生は自意識過剰だと諭していたが、本人は納得していなかった。

十九郎も、まじめな態度を取るのを恥ずかしく思うのではないだろうか。

兄に茶化す同級生の話をしたら、「ひとによるけど」と前置きをして、精神が自立していないとそういう感覚に陥ることがあるようだ、と教えてくれた。そのまま歳を取ると、もう誰もまともに相手をしてくれなくなるのではないかとちあきは危惧《きぐ》したが、だからといってくだんの同級生にわざわざ言いはしなかった。友だちでもない、ただの同級生なのだ。そこまで口出しする義理はない。

だが、十九郎はそうはいかない。花札を集め終えるまで同じ屋根の下で過ごさなければならないし、兄の体を使っているのだ。

「それ、口に出して言ったことある？　ありがとうって」

「そんな、いつも一緒にいるんだし、わかるだろ……」

常葉は黙って、隣の十九郎を見た。その横顔が何か言いたげに見えたが、口を出さないでほしいとちあきは思った。

「うちのお母さんね、わたしが生まれる前、お兄ちゃんが小学校に上がる前に、お父さんと大喧嘩《おおげんか》したんだって。お父さんはごはんはつくるけど洗いものをしないって。お父さんは、働いて疲れてるんだって言ったけど、お母さんも働いてたの。なのにお父さんは、お母さんが家事をするのをあたりまえだと思ってたんだって。そういうのってどうかと思うよ。協力して、助け合っていくのが家族でしょ、って、ふたりは長いこと話し合って、いろいろと決めたんだって言ってたよ。……主君と家臣だって、一方的な関係だったら、片方がいつか疲れちゃうよ。――十九郎は、常葉さんがいなくなったらどうするの？」

「こいつはいなくならねえよ」

「たとえ話だけど、考えてみたこともないの？」

言いかけた十九郎は、ちあきのさらなる問いにうなだれた。

「こいつがいなくなったら、俺は……」

うなだれた十九郎は、呻くように言いかけた。だが、そのつづきは発されない。

「常葉さんはあやかしだから、そういうの、人間とはちがう？」

十九郎に顔を向けていた常葉は、問いかけられてちあきを見た。

「いや、……俺は、ほとんど人間のように暮らしてきたから……感覚は人間に近いと思うが……」

途切れ途切れに口ごもりながら、常葉はつづけた。「確かに、ジュークは俺が何をしても、ありがとうとはほとんど言わないな。それは、ずっと一緒にいた気安さで……」

「これからもずっと一緒にいられる？　ありがとうなしで、一方的にこき使われて」

問うと、常葉は黙ってしまった。

それから、また、十九郎を見た。

「そりゃ、言ってもらったら、うれしいだろうな……」

十九郎は顔を上げると常葉を見た。目を瞠《みは》っている。意外だったのだろう。

「俺はあやかしだ。あやかしは人間がいないと生じない。人間が親で、あやかしが子どものようなものだ。……だから、あやかしから人間への愛憎は深い。人間のために力を尽くしたいと望むものもいれば、自分を生み出した相手で、自分が苦しむ原因だと憎むものもいる……尽くしたことに報いがあれば、うれしいだろう。それはあやかしも人間も、変わらないと思うが……」

「俺が悪いんだろ」

ぐすっ、と十九郎ははなをすすった。また涙目になっている。本気で泣きそうだ。

「おまえ……ばかだな。泣きたいときに泣けとは言ったが、中学生の女の子の正論で泣くとは」

常葉は手を伸ばして、十九郎の頭を撫《な》でた。ちあきは溜息《ためいき》をついた。

「わかった。十九郎がそんななのは、そうやって常葉さんが甘やかしてきたからだね」

「えっ」

常葉はぱっと十九郎から手を離して、ちあきを見た。

「そ、それは……そうかもしれない」

常葉は認めて、溜息をついた。「……ちあきさんが、ジュークは俺をこき使うばかりで報いていないと言うが、俺がそうさせてきたのかもしれない」

ちあきの説教を、常葉は簡潔にまとめてしまった。

「そういうのよくないよ。十九郎がちゃんとした大人になれないんじゃない？」

「ちゃんとした大人ってなんだよ」

涙声で十九郎は呟《つぶや》いた。

「ちゃんとした大人ってのは、大学も出てる歳なのに、中学生の女の子に言い負かされて半泣きにならないひとだよ」

ふんっ、とちあきは鼻息を荒らげた。「もういいや。お説教するの飽きちゃった。十九

にはしている。だが、君が言ったように、あいつは叱られると話を逸《そ》らしたり、茶化したりして、うやむやにしてしまうのが巧《うま》くてな」

「十九郎の口車に乗ってうやむやにされちゃう常葉さんが単純なのでは」

うぐっ、と常葉は呻いた。

「おっしゃる通りだ……」

「十九郎みたいな子って学校にもいるけど、わたし、べつに怒らないよ。ばかだなって思うだけ。自分の態度で損してるのに気づかないんだよ。かわいそうだけどね。でも、今の十九郎はお兄ちゃんの体を使ってるじゃない。だから、ああいうのいやなんだ」

「君が……」

常葉はこわごわとちあきに顔を向ける。「お兄さんの顔に泥を塗られるようなものだと言ったとき、ぎょっとした。あいつは君に正論でやり込められて怒っていたが、それで我に返ったようだ。確かに、君の言う通りだ」

「なんでそこまでわかるのに甘やかしちゃうの？　わかるから甘やかしちゃうのかな」

「ちあきさん、自問自答は勘弁してくれ。たぶんその通りだし……」

常葉は溜息をついた。

「もうほんとやだわ」

ちあきも溜息をついた。腹の底からじわじわと恥ずかしさがこみ上げてくる。

十九郎に説教したように、ちあきはときどき暴走して、沸騰する。だが、あとになると非常に恥ずかしくていたたまれなくなる。自分ごときが何を言ったのか、と思ってしまうのだ。

反省はするが、腹が立つとどうしようもない。ちあきの沸騰を、思春期の暴走だと兄は笑っていたが、このままではよくない気もする。もっと平常心を保って大人にならなければ。――ちあきは兄のような、穏やかで、諭すような物言いをできるようになりたかった。

「わたしだってあんなこと言いたくなかったよ。でも、ひとが真剣なときに茶化してくるのって、馬鹿にされてるとしか思えないから、腹が立つんだよ。常葉さんはそうじゃないの？」

「いや、俺も似たような気持ちになることはあるが、……たぶん、ジュークはそれがピンときていなかったんだと思う。今まで諭すのを諦《あきら》めていた俺も悪い……すまなかった」

「謝っても無駄よ。改善できなきゃね」

「改善する。するから、……」

言いかけて、常葉はちょっと笑った。疲れているように見えたが、きれいな笑顔だった。

「どうかあいつを許してほしい」

ちあきは盛大に呆《あき》れた。結局、常葉は、十九郎のしたことを、自分が悪いと思って謝ってしまったのだ。常葉と十九郎の関係は、あまりにも密接すぎて、ちあきにはどうかしているとしか思えなかった。

「十九郎が、ちゃんと自分が悪かったって反省して、謝らないと。常葉さんが代わりに謝るから許してっていうのはなしだよ」

いくらきれいな顔をしていてもごまかされないぞ、とちあきは思った。

西野の家の近くの電柱の陰で、常葉はちあきと自身に術をかけた。姿隠しの術と教えられたが、ちあきには自分の手も、術がかかっているはずの常葉の姿も見えた。

「これ、ほんとに見えなくなってるの？」

自分の手を見ても、暗がりだったがふつうに見える。

「ほかの者には見えなくなっている。ただ、この術には弊害があって……」

説明する常葉の後ろを、すうっと白い影が横切った。ちあきがぎょっとすると、その白い影はふとこちらを向いた。

ひとの形をしていたが、顔はなかった。

『ねえ』

女性のかぼそい声がする。『わたしの家を知らない……？　このあたりだと思うんだけど』

「すまないが、何もできないから、あっちへ行ってくれ。行ってくれないと、穏便に済ませられなくなる」

『いじわるね』

女性の声で呟くと、白い影はすうっと角を曲がって去った。

ちあきは目と口を大きくあけた。

「え、今の……なに？」

「死霊だ。つまり、幽霊だな」

あっさりと常葉は告げた。「この術をかけるとあやかしに近くなるから、霊の目がひらいていなくても、あやかしが見えるし、その言葉や立てる音が聞こえるようになる」

説明すると、常葉は足もとを見た。「ほら」

「え」

つられて足もとを見ると、何かふわふわしたものが漂っていた。灰色の毛玉のように見えるが毛玉ではない。ちあきはさらに違和感を抱いた。

街燈はあるが、こんなに暗いのに、足もとの毛玉がはっきりと見えるのだ。

『よう、よう、お仲間かい』

「用はない。あっちへ行け」

ふわふわした毛玉のようものは、常葉がすげなく言い放つと、ちぇーっ、とかなんとか言いながら、ふわふわと去った。

「今の、何……」

「幽神《かそけしかみ》だ。気にするな。たいした力も持っていないから、我々には話しかけるくらいしかできない。雑霊でないだけましという存在だ」

「雑霊ってなに！」

「雑多にいろいろと入り混じった霊だ。死んだ動物とか、人間もたまに混じってるな」

「……やだ、見たくない！」

ちあきが訴えると、常葉は困った顔になった。

「すまないが、この術をかけると見えるようになる。――ここで君に帰られても困る」

術をといてほしいとちあきが考えたのを察したかのように、常葉はつづけた。「君が俺と一緒に来ると言ったとき、好都合だと思った。君のほうがジュークより穏やかにことを運べるだろうからな。ジュークはあの性格だ。昨夜、鳥の機嫌をかなり損ねていた。俺はジュークのように口がうまくないから、説得などはむずかしい。何より君はかりそめとはいえ、今は花札の主《あるじ》だ。鳥も俺よりは君の言葉のほうが、耳を傾けてくれるかもしれない」

急いで言い終えてから、常葉はじっとちあきを見つめる。猫のときのように、もの言いたげなまなざしだった。

「ああいうものが見えるようになるなら、せめて最初に言っておいて……」

ちあきは溜息《ためいき》をつきそうになったが、こらえ、それだけ言った。

「すまない。忘れていた」

常葉はしっかりしているように見えて抜けているのかもしれない。ちあきは自分を落ちつかせるために考えた。見た目がきれいでちょっと、いやかなり主君を甘やかし気味ではあるが、当人の性格も悪くない、そんな男の欠点だと思えばかわいげがあるかもしれない。などと、くだらないことを一生懸命考えるくらい、動揺していた。

「ふだん見えていないからわからないと思うが、念のため注意を」

「なに？」

「あやかしは、見ると、こちらに気づいて寄ってくる。だから、もし視界に入っても、見えないふりをしてほしい。話しかけられても無視をするか、何もできないからよそへ行ってくれと言うんだ」

「さっきみたいに？」

「そうだ」と、常葉はうなずいた。「そうすれば、たいていのものは、自分の願いを叶《かな》えられないのだと納得して去ってくれる」

「願い……？」

気になった。願いとはなんだろう。さきほどの女性のような幽霊も、何か願いがあるのだろうか。

「さっきのは死霊だっただろう。ああいう、もとは生きていた人間だったあやかしは、何か思い残しがあって現世《うつしよ》に留《とど》まっているんだ。だが、死ぬと、記憶がどんどん薄れて、自分が何を思い残したかさえわからなくなっていく。何かの恨みがあったりしても、恨んでいるという感情だけで存在していて、何をどう恨んでいたのかわからなくなるんだ」

「かわいそう……」

「それはよくない」

ちあきが思わず呟《つぶや》くと、常葉は悲しげに首を振った。「ちあきさん。君はやさしい、いい子だ。だが、同情してはいけない。同情すると、やつらは寄ってくる。何かしてくれると期待する。何をしてほしいかもわからなくなっているのに」

「わかった……」

ちあきはうつむいた。常葉の説明も理解できる。助けられるなら助けてもいいのだろうが、本人が何を助けてほしいのかわからないなら、他人ではどうしようもないのだ。それにちあきには、そうしたものを助ける力などないのである。

「そういうひとって、どうなるの？」

「いつかは消えてなくなるか、似たようなものたちで寄り集まって雑霊になるな」

怖い、とちあきは思った。体が少し、震えた。

「君はジュークをいいかげんな男だと思っているだろうが、あいつは、そういうあやかしを諭してあの世に送り出すのが非常に巧みでな。口がうまいせいもあるだろうが……それで、そういう方面の仕事が多い」

「口八丁のお役立ちね」

しかし、口が巧《うま》い人間なんて、薄情の裏返しだとちあきは思っている。打算的な父を薄情だと十九郎に言われたのを思い出して、ちあきはちょっとイラッとした。巧言令色という四字熟語を思い出す。

「君は本当に言葉巧みだな」

常葉は苦笑した。「まったくその通りだが、あれでも役に立つ男なんだ」

「だとしても、いろいろと言いたいことはあるよ。一昨日《おととい》会ったばかりだけど、小学生みたいなんだもん」

日常のちょっとした会話でも十九郎は揚げ足を取ったり、ニヤニヤとばかにするような態度を見せたりする。ちあきが沸騰したのはたった三日ばかりでも生活を共にし、積もり積もってしまったのもあるだろう。さらに、十九郎の顔をしていても兄の体かと思うと、兄はそんなこと言わないししない、と思ってしまうのもあった。

「うう……それを言われると本当にすまない気持ちになる……かなり、俺のせいだ」

「それはわかったよ。で、わたしたちは見えなくなってるけど、話してる声も聞こえなくなってるの？」

「ああ。それもだいじょうぶだ。俺たちが何かして立てる音も聞こえないはずだ」

「だったら、行こう」

ちあきは電柱の陰から出た。

西野の家のすぐ近くなのに、辿《たど》り着くのにいつもより時間を要した。

古くからある住宅街だからか、生け垣の陰や電柱の陰に、さきほども見たふわふわとした毛玉のようなものがいて、むやみやたらと声をかけてくるからだ。幽神は、ひとから何かをもらうために、何かをさせろと近寄ってくるらしい。親切の押し売りだな、とちあきは思った。

声をかけてくる幽神を常葉が手を振って追い払って、やっと西野の家の前に着くと、門の上に何かがいた。

『おや、ご同類。この家に何か用か？』

四角い門柱の上に鎮座していたのは、ちいさなおじいさんだった。ちあきは何度もまばたいて、その姿を見る。

「失礼ながら、守り神のかたですか？」

常葉が丁寧に尋ねた。

『守り神というほどたいそうなものではないぞ』

ホッホッとおじいさんは笑った。『ワシは、家守《やもり》じゃ』

やもり、と聞いてちあきが思い浮かべたのは、ちっちゃな爬虫類《はちゅうるい》だった。しかし目の前で鎮座しているのは、どう見ても着物を着たおじいさんだ。半ば目を閉じているようにも見える。

『この家が最初に建ったときから、ずうっとここにおってな。そこの娘さんは、毎日ここを通られるな。ご同類、あんたは昨日、猫になって庭に入ったのう。夜には術使いを連れて来て……ご同類であるし、悪さをするわけではないようじゃから見逃したが、さすがに二度めとなると、来訪の意を問わねばならん』

「今宵《こよい》も、悪さをするつもりはございません」

常葉はそっと頭を下げた。「この家に……寄らせていただいている者に話がありまして、参りました」

『昨夜も話しかけておったが、あの梅の木のところにおるものか』

「……まだ、いますか」

『身動《みじろ》ぎひとつせず、枝にとまっておるわ』

やはり、あの鳥はまだ西野の家から離れていなかったのだ。

ふう、とおじいさんは息をつく。

『この家の姫が、あれを気にしておってのう。ワシとしては気がかりでしかたがない』

姫、というのが、西野の妹であることはすぐにわかった。

「あれは、我が主家の宝の一部でございます」

常葉はうやうやしく説明した。その態度は最初に家に現れたときのようだった。

「あれを持ち帰るために、今宵も一旦《いったん》、中へ入らせていただけませんでしょうか?」

『持ち帰ると言うが、穏便に頼みたい』

おじいさんは、カッと目をあけると、常葉をじっと見た。常葉はやや怯《ひる》んだようだ。ちあきも、おじいさんのそんな顔を、怖い、と思った。

「ごめんなさい……騒がないようにするから」

『何、娘さんが謝ることはない。声も物音も、そのさまではこの家の者には聞こえぬであろうが、心がけてくれるならそれは重畳』

おじいさんはまた目を閉じると、ちあきに向かって微笑みかけた。いかにも好々爺《こうこうや》然としている。だが、怒るときっと怖いだろう。さきほどの態度からもそれはうかがえた。

「できるだけ、ささっとしますゆえに」

『おう、ささっとしてくれ』

おじいさんは座ったまま、門の上に手を出して、ふっ、ふっ、と振った。

「では、お邪魔します」

常葉はおじいさんに頭を下げた。すぐに身を起こすと、閉じられた門を突っ切った。

「えっ……」

『驚いておる』

おじいさんは、くっくっと肩を揺らして笑った。『まあまあ、入りなさい』

そう言われたので、ちあきはおそるおそる、常葉と同じく門を突っ切った。不思議と違和感もなく、体がするりと門を抜ける。

『出ていくときは、声をかけずともよい。うまくいくといいのう』

門を突き抜けたのは、おじいさんが通してくれたからだろうか。それとも術がかかっていたからか。どちらのおかげでもあるような気がした。

「あの門番、昨日はいなかったので庭にすぐに入れたが、二日つづけてなのでさすがに気になったのだろうな。……ちあきさん」

先に庭に入っていた常葉が呼ぶので、ちあきは急いで近づいた。しかし、リビングが目の前だ。カーテンが引かれているから中は見えないが、ちあきはさすがに声をひそめた。

「いる？」

「あそこに」

常葉が示す方向を見上げると、木の枝に小鳥がとまっているのが見えた。やはり、暗がりなのによく見える。

「暗くても見えるのって不思議」

「今、君は仮の霊の目で見ているからだ。……話しかけてくれないか」

「わたしが？」

「俺は猫だ。鳥から見れば、天敵だからな」

常葉は、ちあきを振り返った。「それに、君はもう、あの花札の主《あるじ》にも等しい」

「主なら、呼んだら戻ってこない？」

「等しいだけで、正式な主ではないから、むずかしいところだ」

常葉が真顔で言った。ということは、話しかけて説得したり、何かしたり、しなければならないのだろう。やれやれ、とちあきは心の中で呟いた。

ちあきはそっと庭を歩いた。立てる音は聞こえないと言われても、わざわざ音を立てないほうがいい気がしたのだ。万が一ということもある。

「……小鳥さん」

ちあきは梅の木に近づいて、木枝を見上げた。呼びかけると、置物のようにじっとしていた小鳥はぴくっとした。

『だれ』

応《こた》える声は、夢の中で聞いた声……のような気がした。

「あなた、花札よね」

問うと、小鳥は頭を下げてちあきを見た。ぎこちない動きだった。

『……だれ』

やや幼げな響きを、小鳥から感じ取る。

「うちにいた、花札の神獣さん、だよね」

『花札の神獣……うん……』

不安そうに、小鳥はうなずいた。『汝《なれ》は千代君《ちよぎみ》……に連なるもの？　きのう来た男はいやなやつだった』

きのう来た男とは、十九郎だろう。いったい何を言ったのか。気になったが、それを訊《き》くのはやめておく。

「うん、千代さんはわたしの大叔母《おば》さんなの。……ねえ、うちに戻ってこない？」

『いや』

小鳥はきっぱりと言った。ふう、とちあきは溜息《ためいき》をつく。

「どうして？」

『だって、使ってくれなかったから』

「使って……？」

小鳥はぱたぱたと軽く羽ばたいた。飛んでいくかと思ってぎょっとしたが、そうではないようだ。

『我々は千代君を守るために花札に入れられたのに、何もしないまま、何十年も経っちゃったから。我はもう、閉じ込められるのはいやなの』

我、という一人称なのに、物言いは幼い。

「飛びたいの？」

『……遠くまで飛んで行けるかと思ったけど、……』

ふいに、カラカラと音がした。ちあきはすぐに気づいた。二階の窓があいたのだ。

「お昼はまだ暑いのに、夜は涼しいなあ……」

聞こえた小さな声は、教室でよく聞く声だった。

「西野さん……」

思わず名を口にしてしまったものの、ハッとしてちあきは口を手で塞《ふさ》いだ。

西野はベランダに出てきたようだった。ベランダのフェンスぎわまで出てくると、彼女は庭を見おろす。反射的にちあきは隠れようとして梅の木の後ろに入った。しかし、西野は気づかないようだった。ほんとうに見えていないし、ちあきが地面を踏んだ音も聞こえていないようだ。

「おねえちゃん、鳥さんいる？」

少し遠くから、妹の声が聞こえた。

「まだいるよ」

西野は振り返ってそれに答える。

「見たい」

「……見るだけならいいよ。お母さんたちには内緒ね」

西野はやさしくそう言うと、奥に向かって手招いた。

フェンスが縦格子なので、ベランダに妹が出てくるのが見えた。

「鳥さん、ずっとじっとしてるね」

「うん……寝てるのかもね」

ちあきはベランダから、真上の枝に視線を移した。小鳥はぶるっと身を震わせた。

「あ、動いたよ！　起きてるね」

「花菜の声で目をさましたのかも」

「だったらしずかにしないと……」

「そうだね。花菜も、もう寝ないと」

「鳥さん、どっかに行かないかな？」

「わからないよ、……それは」

『ねえ、一緒にいて』

小鳥が、ふたりに向かって呼びかける。しかし鳴き声でもないので、聞こえてはいないようだ。

呼びかける小鳥の声があまりにも悲しげで、ちあきは胸がぎゅっと苦しくなるような気がした。

『我が好ましいなら、そばに置いて……』

「あ、お母さんが呼んでる」

どこからかの呼び声に、西野が振り向いた。「花菜、もう寝なきゃ」

「うん……おやすみなさい、おねえちゃん」

妹は告げると、名残惜しそうに振り返りながら、部屋に入っていった。

西野は妹が去るのを見送ると、再び庭を見おろす。

「うちに来てもらえるといいのになあ」

彼女は呟《つぶや》いた。「籠《かご》も、前の子が使ってたのがあるよ……だめかなあ……」

『行っていい？』

小鳥は、バサッと音を立てた。次いで羽ばたく。

「あっ」

ちあきが声をあげたときには、ベランダのフェンスに小鳥がとまっていた。

暗がりでも、西野の顔が輝くのがわかった。

「えっ……来てくれるの？」

『一緒にいてくれる？』

言葉は通じていないだろう。しかし小鳥は懸命に西野に語りかけている。

「さわっていい？」

西野は囁《ささや》くように言うと、そっと手を伸ばした。指先で小鳥にふれる。小鳥は、ちょん、と西野の手に跳び上がった。

「……ね、内緒で飼うなら、……いいよね」

西野が微笑むのが、見えた。

ちあきは茫然《ぼうぜん》と、彼女の幸せそうな顔を見上げるばかりだった。

ひとまず、常葉と早足で家に帰った。何も喋《しゃべ》らなかった。

西野の家まで、いつもなら歩くと十分ほどだが、早足だったので家まで十分もかからなかっただろう。

「十九郎！　いるんでしょ」

食堂はおろか、一階にも十九郎はいなかったので、ちあきは兄の部屋の戸を叩《たた》いた。すると、ぶすっとした顔の十九郎が出てくる。

「ちょっと！　どうしよう！」

「……何が」

「西野さんが、あの鳥、家に入れちゃった！」

「んー……」

十九郎はぼりぼりと頭を掻《か》いた。「それはそれで、いいんじゃねえ？　その、西野さんって子の家にあるってわかってれば」

「そうはいかないだろう。あれは神獣だぞ。ただの人間のそばに置いて、何か起きたらどうするつもりだ」

「……それもそうか」

はあ、と十九郎は溜息をついた。まだしょげているのだろうか。

「十九郎！」

ちあきは手を伸ばすと、彼の頬をぴしゃりと引っぱたいた。

「何すんだ！」

軽い音だったし、手応《てごた》えもそんなになかった。しかし十九郎は頬を押さえて目を瞠《みは》る。

「親父にもぶたれたことないのに！」

ずいぶんと甘やかされてるな、とちあきは思った。過度な体罰はいけないが、それなりのお仕置きは必要だというのが七尾家の方針だ。ちあきもいたずらをしておしりをぶたれたことがある。

「しっかりしてよ！　花札は十九郎の家のお宝なんでしょ！　どうでもいいの？」

「よくねえ」

十九郎は頬をさすりながら、ぶすっとしてつづける。「あれがないと、天青《てんせい》がうるせえんだよなぁ……」

「てんせいってなに」

「こいつの従兄《いとこ》どのだ」

常葉が部屋の戸に手をかけると、勢いよくひらいた。「もともとこいつの一族の長老は、直系の長子が継いできたが、大殿が養子を取って継がせたので、そのしきたりはもう守らなくてもいいだろうとなってな。近しい血の中でも優秀な者が跡を継ぐことになったんだ。……こいつが跡を継ぐのに、神獣が必要なんだ」

「なにそれ！　聞いてない！」

ちあきは叫んだ。常葉はすまなさそうな顔をし、十九郎はそっぽを向いている。

「いや、……ややこしくなるので、……説明しづらかったし……」

「長引けば説明したさ。……うん、そうだな」

はあ、と十九郎は溜息をついた。「悪かったよ」

「いや、それはいいけど……」

「そうじゃねえよ。さっきのこと」

十九郎は、顔をゆっくりとちあきに向けた。

「さっきって、……」

「茶化したりごまかしたりしようとして、……その、ごめん」

常葉が、きれいな瞳《ひとみ》を大きく瞠り、口をあんぐりとあけた。

「じゅっ……じゅっ……じゅうく……」

「ああもう。こういう反応されるからいやなんだよ」

十九郎は頭をがしがし掻いた。照れている。

しかし、自分の恥ずかしさに耐えられないからと、まじめな態度を取るのを避けるのは、あまりにも幼稚だ。ちあきはそう言いたかったが、やめておいた。今はとにかく、十九郎が謝った進歩を褒めるべきではないか。

「いつもまじめにしてれば驚かれないよ」

ちあきは言い放った。「とにかく、謝ったなら、今後はお兄ちゃんの体を使ってるのを気にしててくれればいいよ。──で、これからどうすればいいと思う？」

「……おまえ、切り換え早いなあ」と、十九郎はぼやいた。「うじうじしてたのがばかばかしいぜ」

大人なのにおばかさんだなと思ったが、ちあきはさすがに言わなかった。また拗《す》ねられてはたまったものではない。ややこしすぎる。

「どうって、……あの、西野さんち？　の家の中に入ったなら、どこにいるかわかるからいいけどよ、動物アレルギーの妹がいるんだろ？」

「なんか、西野さんは、内緒で飼うつもりみたいだった」

ただの鳥なら、ちあきも、いいのかな、と思いつつ、止めることはしなかっただろう。

だが、あれはあやかしだ。兄のときのように何かが起きるかもしれないなら、防ぎたかった。

「ええっと、……そうだな。兄ちゃんの力を借りるか」

「お兄ちゃん？」

「俺が兄ちゃんのふりして、明日《あした》にでもあの家に行く。迷子の小鳥がいると聞いたけど、とかなんとか言って。兄ちゃんは獣医だろ？　病院に、逃げた動物の情報が来るらしいじゃないか」

十九郎の言葉通り、兄の病院には、逃げた猫を見かけたらお知らせください、などの貼り紙を貼る掲示板がロビーにある。猫だけでなく犬や鳥ももちろんあった。

「それで、探してるもともとの飼い主がいるとわかれば、内緒で飼ってても返してくれるかもしれん。いつまでも埒《らち》があかなかったらそうするのが妥当かなと、さっきまで考えてたんだ」

「ただ拗ねてただけじゃなかったのか。さすがは俺の主君だ」

常葉は感極まったように言うと、十九郎の腕をぽんぽんと何度も叩いた。甘やかしすぎではないかとちあきは思った。この従者だからこの主君なのか。

「わかった。そうするのはいいけど……どうする？　今夜じゃなくて明日のほうがいい？と思うんだけど……」

もうかなり遅い時刻だ。いつもだったらちあきは入浴を済ませて寝る準備をしているだろう。こんな時刻にいくら事情があっても同級生の家でも、訪ねるのは非常識だ。

「……こういうこと言うのは性格悪くてあれなんだけど」

十九郎はやや、言い淀《よど》んだ。「いくら自分の部屋があっても、内緒で飼うなんて無理だろ。アレルギーのある妹と仲が悪いならともかく、そうでもないんだよな？　すぐに妹はアレルギーの発作を起こすんじゃないか？　姉さんの部屋に入らなくても、服に鳥の何かがついたりしていたら、反応するんじゃないか？　それに、内緒で飼うとしても、聞いた限りかすることがある……じゃ籠に入れるようだが、どこに隠すつもりなんだ？　妹に見つかって持ち出されたりとかするんじゃないか？」

姉も妹もいないのでちあきにはわからないが、ベランダでのやりとりを思い出すと、妹は西野の部屋に気安く出入りしているようだ。そうでなくとも十九郎の言った通りだとちあきはうなずく。

「それにいま行っても、鳥は庭から消えてるんだろ？　逃げた鳥がいるかもと訊《き》きに行ってもどうしようもねえ。だったら、家の中に鳥がいるとわかってから行ったほうが、俺たちがちょっと筋違いの微妙なことを言っても通りそうな気がするんだ」

「性格わるいとかじゃなくて、そういうの、深謀遠慮って言わない？」

ちあきが言うと、十九郎は微妙な顔になった。

参

どこかで鳥の鳴き声がする。

夢の中で、ちあきはきょろきょろした。あたりはもやがかかったようになっていて、景色はまるで見えない。だが、鳥の声だけする。

(名前、なんにしようか)

西野《にしの》の声がした。どことなく弾んでいる。

「西野さん！」

ちあきは名を呼んで、声のするほうへ向かった。

(前の子は、チョッちゃんて呼んでたの。でもあなたは違う子だから……)

もやをかき分けつつ進むと、声に近づいた。

やがて、目の前のもやがぱあっと晴れる。

西野の家の庭だ。さんさんと陽の光が射す中、西野はにこにこして、自分の指先に止まる小鳥を見ている。

（名前、つけて。名前があったら、我は、汝《なれ》のもの）

小鳥が訴えた。

（白くて綺麗《きれい》だけど、あなたはなんの鳥かしら。図鑑で見てもわからなかったわ……）

小鳥の声が聞こえているのかいないのか、西野はにこにこしている。

小鳥は羽ばたくと、西野の指先から肩に乗り移った。

（すきな名前をつけて。名前で呼んで）

ちあきはなんとなく、名前をつけさせてはいけないと思った。常葉《ときわ》は、花札が起動して、ちあきが主《あるじ》に等しくなっていると言ったが、主ではないとも言った。それと関係している気がする。

（いい名前を考えるね）

西野は肩口にとまった小鳥の頭を、指先でそっと撫《な》でた。

しかし何を考えたのか、微笑んでいた顔が憂鬱《ゆううつ》そうに曇る。

（もし、お母さんに見つかったら……わたし、家出するわ、あなたを連れて）

ちあきは呆気《あっけ》に取られた。

西野は穏やかで明るく、とてもいい感じの同級生だ。少なくともちあきはそう思っていた。だから、そこまで思い詰めた激情があるなどとは想像もしていなかった。

「西野さん、だめだよ、それ……ただの鳥じゃないんだよ！」

ちあきは叫んだ。

しかし、ちあきの声は西野には届いていないようだった。

（名前……何がいいかなあ……きれいな名前……）

彼女は幸せそうに、小鳥に向かって微笑んだ。

＊

朝、学校に行くと、西野はまだいなかった。

どうやって話を切り出そう。ちあきは起きてからずっと考えていた。夢を、以前と違ってはっきり憶《おぼ》えていたので、ますます緊張した。

洗濯をしなかったので時間に余裕のあった朝食の席で夢の話をすると、十九郎《じゅうくろう》と常葉は、名前をつけさせてはいけないと強く言った。名づけは呪《しゅ》で、西野と小鳥が繋《つな》がれてしまうからだそうだ。仕組みははっきりわからないが、これまでの不思議なことと同じように、そういうことだとちあきは理解した。

ふたりに送り出されて、ちあきは急いで家を出た。遅刻しそうではなかったが、早く西野に会って、小鳥の話をしなければと思ったのだ。

しかし西野が来たのはギリギリの時刻で、話しかける前に担任が来てしまった。


結局、授業が終わるまで、ちあきは西野に小鳥の話を切り出せなかった。来月の文化祭の準備が始まりつつあり、学校内がざわつき出したせいもあるだろう。

帰りの会が済んでからちあきは西野に声をかけようとしたが、ほかの仲のいい子に呼び止められて、文化祭はどうするかと訊かれた。去年は友だちに頼まれて、個人発表の手伝いをしたのだ。ちあきは急いでいるのでと曖昧《あいまい》にはぐらかして教室を出たが、西野はもう廊下から姿を消していた。

部活だと考え、ちあきは体育館へ行ってみた。

女子バレー部は体育館の半分を使っている。残りの半分は器械体操部や男子バレー部などが交互に使っているが、女子バレー部は県内でも強豪なので、毎日必ず使えるのである。行ってみるとまだ正式に練習は始まっておらず、着替えた生徒たちが集まって談笑したり、自主練習したりしていた。

しばらく待ったが西野の現れる気配はない。ちあきはためらったが、自主練習している中に去年同じクラスだった顔見知りの生徒を見つけたので、声をかけて、西野が来ていないかと尋ねた。相手は驚いたようだったが、ちあきが用があるので、と言うと、親切にも、談笑していた中にいた主将に尋ねてくれた。

「西野さん……？」

主将は談笑の輪からはずれると、少し戸惑った顔を見せた。「彼女、今月は休むって、朝のうちに言われたの。びっくりしたわ」

「えっ」

これにはちあきも驚いて、思わず声をあげてしまった。キャンプから戻った翌日、祝日だというのに登校してまで部活に参加していた西野の発言とは思えない。

「もしかして、病気や怪我で……？」

「そういうわけでもないみたい」

主将は怪訝《けげん》そうだった。ちあきにというより、西野の言動を思い返して訝《いぶか》っているように見えた。

「わたしも驚いたの。こんなこと、初めてだわ。西野さんは熱心で、……あれでつらいときも、休んでいいって言ったのに練習に来てたから。おうちで何かあったのかと思ったけど……」

やや口ごもりつつ主将は説明した。ちあきは急いでうなずいた。

「ありがとう。ちょっと用があるので、いないかと思って見に来ただけで……」

ちあきはそう言うと、主将と、口をきいてくれた生徒に頭を下げて、体育館を出た。

主将が言ったように熱心に部活に参加しているのに、それを休むとは。しかもきょうだけでなく今週は休むとは……ちょっとしたことかもしれないが、ちあきは胸騒ぎがした。

まるで西野が、ひとが変わったように思えたのだ。もしかしたら、神獣の影響かもしれない。

ちあきは小走りで学校を出た。

ほとんど駆け通しで西野の家の前まで行くと、生け垣のそばで猫が寝そべっていた。その毛色で常葉だとすぐにわかる。

「常葉さん」

息を切らせながら呼ぶと、常葉はするりと姿を変えた。前もって帰宅の時刻を報《しら》せておき、待っていてもらうようにしたのだ。ちなみに常葉が着ているのはきのう十九郎が着ていた服だ。そう見えるだけで実際に着ているわけではない。今朝、常葉が庭に洗濯物で干していたのをちあきは目撃していた。

「西野さん、部活を休んだんだって」

ちあきは声をひそめて、早口で告げた。「西野さん、いつもは部活を絶対に休んだりしないの。なのに、今週は休むって……おかしいよ……」

ちあきの報告に、常葉は眉《まゆ》をひそめた。

「いつもとようすが違う、ということか……」

常葉も声を低めた。「何か影響が出ているのかもしれない。断定はできないが……本人はさっき、ずいぶんとご機嫌で帰ってきた。その前に妹も帰ってきていたが」

「ご機嫌で……」

それは小鳥が家にいるからだろうか。ちあきは不安で胸がざわついた。

「十九郎は？」

「手土産を吟味するとかで、あとから来る」

「そういうとこはきちんとしてるんだね」

ちあきはなんとなくほっとした。不安は完全には消えていないが、十九郎ののんきさに救われたような感覚をおぼえる。

「あいつはあれでいて礼儀正しいところもあるからな」

常葉はちょっとうれしそうだった。どうやら、ちあきが十九郎を褒めたと思ったらしい。

おめでたい話だ。

「それはいいけど、……わたし、学校で、西野さんとは何も話せなかったの。ごめんなさい」

「仕方がない。いきなり鳥のことを切り出して、警戒されても困る」

「ねえ、でも……」

ちあきはあたりをきょろきょろ見まわした。午後の住宅街で、通るのは子ども連れの女性や、ちあきと同じ中学生くらいだ。しかし誰も、ふたりに目もくれず行きすぎる。常葉はこんなに目立つのに、目に入らないのだろうか。

「気にしなくてもいい」

ちあきの態度に気づいたのか、常葉は告げた。「俺たちの姿は見えていても気にならないように、軽めの結界を張ってある」

「えっ」

ちあきは目を丸くして、まじまじと常葉を見た。常葉はにっこりした。こんなときだが、きれいだなあ、とちあきは思った。とにかく常葉の造作は、無駄に綺麗なのだ。

「そんなことできるの？」

「一応、式神なので、ひととおりの術は使えるように修業した。今は俺たちは誰の目に留まっても気にされない。俺の姿は目立つから、ちあきさんとジュークはともかく、俺は外出するときは常にそうすることにした。しかし声は聞こえるから、気をつけてくれ」

常葉の答えに、ちあきは神妙にうなずいた。

「わかった。……ねえ、常葉さん。あの小鳥、西野さんにあげちゃうのはだめなの？」

「……ちあきさん。君はやさしいいい子だと言ったが、そういう同情はよくないと、ゆうべも俺は言った」

常葉は真顔で返す。「妹が動物アレルギーでなくても、やめたほうがいいだろう」

「あやかしだから……？」

「もちろんそうだ」

常葉は仰々しくうなずいた。「あやかし、……神獣ではあるが、もともとそういうものに関わらずに生きていけるなら、そのほうがいい」

「それは、わかるけど……でも、日本刀の使いかたを知っているひとなら、持っててもいいんだよね。西野さんに、あれはふつうの鳥じゃないけど、って説明するのはだめなのかな」

「説明を聞いただけで扱えるようなものではないから、やめたほうがいい。……しかし君はいろいろと思いつくな」

常葉は溜息《ためいき》をついた。「そういうところが、少しあいつに似ている」

「あいつってまさか……」

「よう、待たせたな」

角を曲がってやってきた十九郎が、声をかけてくる。手に紙袋をぶら下げていた。鼻歌でもうたい出しかねないご機嫌っぷりだ。

「前はゼリーを持っていっただろう？　だからプリンにした」

「ちょうどいいところへ。今、状況確認をしていたところだ」

常葉は近づいてくる十九郎に告げた。

「西野さんには、鳥の話、できなくって……西野さん、今月は部活を休むって言ってるって。こんなこと初めてだって主将も言ってた」

ちあきが説明すると同時に、家の中から何か声が聞こえた。怒鳴り声だ。ちあきはびくっとした。西野の声に聞こえたからだ。

「なんだ？　喧嘩《けんか》か？」

十九郎が眉をひそめて生け垣の向こうを透かし見るようにした。

ちあきは急いで、西野の家の玄関前まで行った。すると、家の中から聞こえる声がはっきりした。

「お母さんいつもそう言う……！」

西野が叫んでいた。いつもおとなしい西野らしからぬその声の大きさに、ちあきは心底驚いた。

「美奈子《みなこ》。大きな声を出さないで！」

咎《とが》める母親の声も充分に大きい。「花菜子《かなこ》はあんなに苦しそうなのよ！　お姉さんだから、わかるでしょう！」

「……うわあ……」

十九郎が呟《つぶや》く。「俺が予想してた通りになったみたいだな」

西野と母親が、言い合っている。いつも穏やかな西野の叫びに、ちあきはただ驚いて身を強《こわ》ばらせた。

「その鳥さんだって、よその鳥さんかもしれないでしょ。飼うなんて、だめよ」

「チョッちゃんもあげちゃったのに？　花菜が発作を起こすから？」

門前まで聞こえているが、どこにいるかは門前からではわからない。庭に面したリビングにいるとしても、かなり大きな声で怒鳴り合っているのは察せられた。

「そうよ。花菜子が苦しいと、かわいそうでしょう。さっきだってひどく苦しんで……」

「わたしは、かわいそうじゃないの?!」

諭す母に返す西野の叫びは悲痛だった。「わたしは、チョッちゃんと離ればなれになったのよ！」

「美奈子……だって、仕方ないじゃない……花菜子のためよ……」

「違うわ。花菜のためなんかじゃない、花菜のせいでしょ！」

西野の叫びに、ちあきはぎょっとした。思わず傍らの十九郎と常葉を見上げる。

「まあ、そうだろうな」

十九郎が呟いた。常葉はそれをちらりと見たが、何も言わない。

「弱い、と主張する相手に譲ると、弱いはずの相手が増長することもあるだろうしな」

「えげつないことを言うな」

常葉が溜息をついた。「事実だとしても」

「チョッちゃんはあんなに可愛くて……ちゃんと、わたしのこと、わかってくれてたのよ！　いつもわたしの手から餌を食べてくれたのに……お母さんは、花菜のためだからって、わたしから取り上げたのよ！　どうして……どうしていつもわたしばっかり我慢しなくちゃいけないの？」

声に涙が滲《にじ》んでいるように感じられて、ちあきも悲しくなってきた。

「美奈子、……ききわけて。あなたはいい子だから、わかるでしょう」

「いい子じゃない！　……花菜なんて、いなければいいのに！」

バタバタと家の中で音がした。次いで、ばん、と音がして玄関の扉があく。制服のままの西野は、鳥籠《かご》を抱えて玄関を駆け出した。

「西野さ……」

ちあきが呼び止めても振り向きもせず、西野はものすごい勢いで駆け抜けた。さすがバレー部だ。追いつけそうにない。あっという間に彼女は角を曲がって消えた。

「もう……！　あら……」

西野を追って出てきた母親は、ちあきたちを見るとびっくりした目になった。

「すみません、たびたび」

十九郎がさっさと進み出て、門を通り抜ける。どうしたものか、すでに十九郎は兄の姿形になっていた。

「妹に、逃げ出してきたらしい鳥が西野さんの家にいると聞いて、……どうやらその鳥、さがしている飼い主がいるようで、もしまだいるなら引き取りたいと思って来たんです」

もうすっかり兄の声だ。しかしなんとなく、兄より異様に愛想がいい物言いに聞こえた。

「ああ、鳥……」

母親は疲れたように溜息をついた。「鳥、ね。あの鳥だと思うんですけど……どうしたものか、あの子、部屋の中で、内緒で飼おうとしていたようなんです。それが、……先に帰ってきた花菜子が、いつものように美奈子の部屋に入って、……クロゼットが光ってたからあけた、と言うんです。そうしたら、中に鳥籠に入った小鳥がいた、って」

クロゼットが光ってた、という言葉に、ちあきはぎょっとした。ちらりと見ると、傍らの十九郎は、兄の顔で心配そうに見えた。常葉は、さっき言ったように、見えても気にされないようにしているのだろう。

「クロゼットが光ったというのもおかしな話ですね」

「ええ、……花菜子は美奈子の部屋に入るといつもクロゼットや机の抽斗《ひきだし》をあけるんです。さすがによそのおうちでもされたらあまりにも非常識なので叱るようにしているんですが、……だから、何かの言いわけだと思うんですけど」

母親の言葉はどことなく弁解じみていた。たいへんだな、とちあきは思った。西野はもっとたいへんだろう。

「花菜子は鳥籠から小鳥を出して、部屋の中で飛ばせて、発作を起こしてしまって……」

母親の説明を聞いて、ちあきは少しだけ感心した。本当に、十九郎の予想した通りになったからだ。十九郎が仕組んだのではないかと訝《いぶか》しんだほどだ。しかし妹が勝手に姉の部屋に入るのは百歩譲るとしても、クロゼットや抽斗を勝手にあけるのは、確かに非常識だ。

妹があまりに傍若無人に思えた。

「小鳥を隠していたからか、美奈子は朝からひどく浮ついていて、おかしいと思ったんです。帰ってきたときも、妹が部屋に入ってクロゼットをあけたとわかるとひどく怒って……いつもだったら発作を起こしたときはすぐに吸入を持ってきたり、花菜子のそばについていてくれたりするのに、きょうは怒るばかりで……それに、あんなことを言って……いつもあんなこと、言わないのに……まるでひとが変わったみたいに」

母親は泣きそうな顔をした。さすがに、いつもききわけのいい姉が、妹がいなければよかったなどと言えばショックだろう。

ひとが変わったように感じるのは、鳥のあやかしに影響でも受けたのだろうか。常葉が危ぶんでいたのはこのことだったのかとちあきは思った。

「あんなこと、とは」

怒鳴り声のやりとりが聞こえていたのに、十九郎は素知らぬふりをした。

「妹なんていなければよかったって……」

ちあきは驚いた。まさか母親が話すとは思わなかったのだ。つまり、こんな家庭内の事情をあっさり他人にしゃべってしまうほど、この母親は追い詰められているのだ。

しかしちあきには西野の気持ちもわかるので、複雑な気分になった。

「失礼ですが……お嬢さんは思春期で、複雑な年ごろなんでしょうね。妹さんがつらくても、自分も我慢しないとならないことがあれば、同情しづらいのかもしれないですよ」

どうやら十九郎は、母親をなだめようとしているようだ。なんだかうさんくさいな、とちあきは思った。だが、娘と同じ中学生の自分が何を言っても母親には響かないのは予想できたし、十九郎にまかせたほうがよさそうだとも思う。

ちあきとしてはどうしても西野に同情してしまうので、十九郎のなだめる言葉に共感できなかった。お母さんは大人だからなんとかできるのではないかとも思ってしまう。

「でも……あんな、ひどい……いつも好きなように部活もやらせてあげているのに」

「ちがいますよ」

思わずちあきは口をひらいた。母親はびっくりした顔でちあきを見る。

「西野さんはバレーが好きだけど、キャンプのあとで祝日なのに部活に出てたのは、妹ちゃんが発作を起こしても何もできなくてつらいから、家にいたくないからだって言ってました」

「……そんな」

母親は絶句した。十九郎が、……兄が、微妙な顔つきでちあきをちらりと見る。兄なら止めただろうか。

「それに、妹ちゃんは、お姉さんがいないのに、勝手に部屋に入ったんですか？　それって、いいんですか？　クロゼットが光ってておかしいと思ったら、お母さんにしらせればいいだけで、……何か危ないことがあるかもしれないし、そうでなくても勝手にあけたらいけないのでは？」

勝手にクロゼットや抽斗をあけることを叱っていると母親は言ったが、今回は発作を起こしたなら、まだ叱っていないだろう。そう考えるとちあきは言わずにはいられなかった。

「わたしもお兄ちゃんと仲いいけど、勝手に部屋に入られたら、お兄ちゃんがお姉ちゃんでも、同じ女でもいやです。クロゼットはないけど、押し入れを勝手にあけられるのもいやです。何か隠していなくても、いやです」

ちあきが言いつのると、母親は愕然とした顔になった。

「だって、……美奈子は何も言わないし……」

「不満があっても言えなかったんじゃないんですか。妹ちゃんは体が弱いから、……何か強く言うと、弱いものいじめみたいになるから、何をされても、叱るのはむずかしかったんじゃないんですか」

「ちあき」

兄の声に呼ばれてちあきはぎくっとした。さすがに咎める響きがあった。

「言い過ぎだよ。お母さんも大変なんだから。――妹が不躾《ぶしつけ》なことを言って、すみません」

兄は頭を下げた。ちあきは混乱した。これは兄なのか、それとも十九郎なのか。あまりにも、兄が言いそうなことだった。

「……いいえ」

母親は、疲れたように、しかし首を振った。「そうね。……七尾《ななお》さんの言う通りかもしれない……美奈子はほんとうに、いつもききわけがいいから、……お姉ちゃんだからって、すぐに花菜子の世話をさせてしまっていたのはほんとうだし……」

「差し出がましいですが、お気づきになったなら、娘さんたちと話し合ったほうがいいかもしれませんね」

身を起こした兄が、つづける。「何も話さず、家族だから、わかっているからと、おたがいに我慢を強いてしまうのはよくありません。……今回も、お姉さんの部屋に入らなかったら、妹さんは発作を起こさなかったかもしれません。……ですが、念のため、同じ家で鳥は飼わないほうがいいでしょうね」

兄だ、とちあきは思った。兄だったら絶対にこう言っただろう。

動物アレルギーがどんなものか、ちあきにはよくわからない。喘息《ぜんそく》に似た発作を起こしたり、涙や鼻水、くしゃみが止まらなくなったり、皮膚がかゆくてたまらなくなったりする。その程度の知識しかない。

重度になると、ちょっとした接触や、同じ室内にいた痕跡《こんせき》だけでもそうした症状が引き起こされる。だったら飼わないほうがいいと、兄なら言っただろう。

お兄ちゃんだ、とちあきは思った。涙が出そうになる。

「そうですね……とても、残念ですけど」

「あの、これ、よかったらどうぞ」

兄は言いながら、手にしていた紙袋を差し出した。「モロゾフのプリンです。鳥を引き取らせていただこうと思ったので、その、見つけていただいたお詫《わ》びというか、お礼というか」

モロゾフのプリンも、兄が、今のように迷子の動物を引き取りに行くときに相手の家に持っていく進物だ。代金は自腹である。いつもの兄だ。ちあきは思わず、兄の腕を摑《つか》んだ。

兄が戻ってきた。

「そんな……先日もいただいたばかりなのに」

「いいえ、妹が無礼なことを言いましたし……お詫びも兼ねて。甘いものは、疲れた脳にとてもいいんですよ。それに、プリンはやさしい味がします。妹さんの発作が治ったら、食べさせてあげてください。……西野さんは、僕と妹で捜して、説得します。ちゃんと飼い主がいるので、言ったらわかってくれると思います」

ちあきはほとんど泣きそうになっていた。

そこにいるのは兄だった。


「いやいやなんでおまえが泣くんだよ」

角を曲がると涙がこぼれてしまった。十九郎がそれを見て慌てたように言う。

「お、お兄ちゃん……お兄ちゃんだ」

「いや、おまえの兄ちゃんは寝てる」

十九郎はちあきの肩に手をかけて揺さぶった。「しっかりしろ」

「じゃあさっきのは十九郎なの？」

訊《き》くと、十九郎は手を離しながら複雑な顔をした。照れているような、怒っているような顔だ。

「ああ。らしくないとか言うなよ。おまえの兄ちゃんが言いそうなことを言ってみたんだ。そんなに兄ちゃんみたいだったか？」

「うん……」

ちあきは涙を拭《ぬぐ》いながらうなずいた。兄が戻ってきたと思うほどに、十九郎は兄を演じきったのだ。

「だったら成功だな。おまえの兄ちゃんの顔に泥を塗らずに済んでよかったぜ」

十九郎はホッとしたように表情を緩めた。それを見て、ちあきは少し、十九郎に悪かったな、と思った。昨夜の説教については、あとで謝らなければ。

「どこへ行ったか、わかるか？」

ずっと黙ったままついてきていた常葉が、後ろで口をひらく。

「引っ張る感じがしなくなったって言ってたよな。俺もしないが……」

「うん、でも……」

ちあきは道端できょろきょろした。ごくふつうの民家の並びに挟まれた路地だ。しかし、どこからともなく鳥の声が聞こえる気がした。

「あっちじゃないかな。……あっち、公園がある」

「行ってみよう」

「他に手がかりもないしな」

常葉が言うと、十九郎が賛同した。

角を曲がってしばらく行くと、道の角に公園がある。やや広く、ブランコと、片隅に砂場がある。砂場近くのベンチに、鳥籠《かご》を脇に置いた西野が座っていた。すぐ近くで見つけられ、ちあきはホッとした。

「西野さん」

公園に入って声をかけると、西野はちあきたちに気づいて顔を上げた。泣きそうな顔をしていて、ちあきは気が咎《とが》めた。

「七尾さん……」

西野は悲しげだった。

ちあきが近づきかけると、西野は怯《おび》えた顔になった。

「来ないで」

西野は震える手で鳥籠をあけると、中でぐったり伏せっていた小鳥を取り出した。

「西野さん、その小鳥、……」

「この子はわたしと一緒にいてくれるの……」

「西野さん、その小鳥は、飼い主がいるんだ」

兄の顔をした十九郎が進み出た。「返してくれないか」

「まずいな」

常葉が呟《つぶや》いた。「あの小鳥……弱っているから、自分の身を守ろうとしている。彼女はその役目を課されているようだ」

「ど、どういうこと……」

ちあきは目を剥《む》いた。

「小鳥を無理に彼女から引き剝《は》がそうとすれば、彼女にも何かよくないことが起きる」

常葉は真顔でちあきを振り返った。「最悪、怪我をさせてしまうかもしれない」

ちあきは思わず西野を見た。いつも穏和な表情の西野が、険しい顔をしてちあきを睨《にら》みつけている。

「西野さん……」

「だめ……この子は、わたしが、守るの……」

西野の声が低くなった。ちあきはそっと、彼女に近づいた。

「ちあき」

兄が、呼び止めた。その声は確かに兄で、呼びかたも兄だった。だが、ちあきは振り返らない。

「怪我を、しないように」

ちあきはハッとした。

そうだ。兄だったら、止めないだろう。ちあきが無茶をするときはいつも、怪我をしないように、と、それだけは言い含めた。兄はいつも、ちあきの気の済むようにさせてくれるのだ。

「ねえ、西野さん……その鳥、弱ってる」

「……」

ちあきが語りかけると、西野は訝《いぶか》るようにちあきを見た。そのまなざしはまだ鋭かったが、微妙に揺らいだように見えた。

「守りたいのは、わかるよ。でも、そのままじゃ、死んじゃうかもしれないよ……」

「……し、死なせたりなんて、しない」

「でも、ちいさい動物は、ちょっと血が出ただけで、死んじゃうかもしれないって、お兄ちゃんが言ってた」

西野の眉《まゆ》が、ぎゅっ、と寄った。兄に言われたことが役に立つかもしれない、とちあきは思った。

「死んじゃったら、悲しいよ……」

ちあきが言うと、西野の口がへの字になった。歯を食いしばっているのだ。

しばらくすると、彼女は目を伏せた。そっと、手を開く。彼女の手の中には、ぐったりとした小鳥がいた。

「ちょっと、みてもいいかな？」

兄の顔をした十九郎が、兄の声で尋ねた。

西野は震えながら、手ごと、近づいた兄に小鳥を差し出す。小鳥はその中で倒れているように見えた。

「……失神してるみたいだ」

兄は小鳥にふれると、西野に笑いかけた。「ところでさっきも言ったけど、この鳥、探してる飼い主が見つかってね」

「……はい」

西野は眉を寄せた顔を、兄に向けた。黙ってまばたきを繰り返す。その目は潤んで、まばたきで涙を散らし、泣くのをこらえているかのようだ。

兄は黙って、西野の言葉を待っている。

「返さないと、だめ……？」

「そのほうがいいだろうね。妹さんがアレルギーだと聞いているから、君のおうちでは飼えないだろう」

また、兄の言いそうな台詞《せりふ》だった。

「花菜が、……花菜が、悪いのよ。あの子が部屋に入らなかったら、クロゼットを勝手にあけたりなんかしなかったら、見つからなかったのに……籠から出して、部屋で飛ばせたりなんかするから、発作が起きて……」

アレルギーの自覚があるのにそこまでしたら発作が起きて当然なのもわかっていいのではないだろうか。それとも妹にはそこまでの分別はまだないのか。ちあきは訝《いぶか》しんだ。

ふとちあきは昨日きいたゼリーの件を思い出す。お見舞いだからぜんぶ食べたと言っていた。それもあわせて、あまりにも妹が身勝手に思えてくる。

「妹ちゃんが勝手に部屋に入るって、よくないね」

いろいろ考えたが、ちあきは言ってから、西野の隣、籠の置かれていないほうに座った。

西野は戸惑ったようにちあきを見る。

「やっぱり、そうだよね……？」

今はもう、彼女も神獣の影響を強く受けてはいないように見えた。ちあきはうなずく。

「そうだよ。女の子同士でも、いないときに部屋に入られるなんていやだわ。しかもクロゼットをあけるなんて、何かいいものがあったら持っていっちゃいそうで怖い。お母さん、注意しないの？」

「持っていくっていうか……そういうこともあったけど……お母さんは……花菜の好きな

ようにさせるから……わたしは、いないときに入らないでほしいんだけど、言えなくて。なんだか意地悪してるみたいで……」

ちあきはびっくりした。まさか本当にそんなことをしているとは。可愛らしい妹なのに怖いな、と思ってしまう。

「それは意地悪じゃないよ」

兄が首を振った。「せっかくそれぞれの部屋があるなら、勝手に入るのはよくないと思う。クロゼットを勝手にあけるのも、マナーとして、よくないよね。妹さんにも部屋はあるんでしょう？」

「うん……」

西野はうなずいた。涙がぽろりとこぼれて落ちる。

「わたし、うちではいやだって言えないの……お姉ちゃんだから……妹はわたしより弱いから……だから、お母さんに頼まれたら、世話もしないといけないし……」

ちあきは、西野を気の毒に思った。

西野が鳥にこだわるのは、妹のアレルギーで突然飼えなくなったせいもあるだろう。けれども、これは鳥が飼えないことや、動物アレルギーの話だけではない。妹へのわだかまりがあるのに、西野は、母や妹が望むように努めているから、疲れているのだ。

「弱い子に、いやとかだめとか、言いづらくて……」

「そういうのはよくないよ。妹さんが勘違いしてしまう。自分は弱いから何をしてもいいんだって」

西野は目を瞠って、兄を見た。

兄はゆっくりとしゃがんで、西野と目を合わせる。

「それに、そのままだと、妹さんは弱いままになっちゃうんじゃないかな？　お姉ちゃんがなんでも言うことをきいてくれたら、よそのひともきいてくれると思って、わがままな子になってしまわないかな。よその家に行っても、ひとの部屋に勝手に入ってしまうかもしれないよね……」

「花菜には、そういうところ、あります……」

言いにくそうに、西野はつづけた。「花菜は、――妹は、体育が嫌いなの。それで体が弱いからって、なんともなくてもすぐ休もうとするし……お友だちの家に遊びに行ったときに勝手に冷蔵庫をあけて、お友だちが家族に叱られたこともあるし……お母さんがわたしを褒めると、なんでもないのにちょっと咳《せ》き込んだりするの」

ひええ、とちあきはますます怖くなった。あの妹が、そんな無礼であからさまな態度を取るとは信じがたかった。可愛らしい見た目でまだ幼いので、周りの者は仕方がないと許してしまうのかもしれない。母親の気を惹《ひ》こうとするのも怖ろしかった。

しかしそのまま大人になったら、いろいろと揉《も》めごとの火種になるのではないか。それくらい、ちあきにも容易に想像はついた。体が弱いのは気の毒だが、それを言いわけにして、ひとの迷惑もかえりみなくなってしまうのではないか。

西野もそう思っていながら、母にも、誰にも、言えなかったのではないか。

「そういうのは、あまりよくないね」

兄がうなずく。「そのままだとお友だちもできにくくなるし、大きくなってから矯正するのはむずかしい……」

「わたしもそう思うけど……お母さんはすぐ、妹を心配するから。じょうぶに産んであげられなかったからって、泣いてたこともあって、……だから、わたしは心配させたくなくて……なんでもないし」

ちあきはどうしようもなくなった。西野はやさしい。母親が、自分のせいで妹の体が弱いと苦しんでいるから、妹に強く出られないのだ。だが、それで妹を甘やかしても妹のためにはならないし、西野も我慢ばかりだろう。

「なんでもなくないよ」

兄は首を振った。「そういうことは、積み重なっていく。それに、そのせいで、自分がいやな人間になってしまった気がしても、そうじゃないから。君のせいでは、ないよ」

西野は涙に濡れた睫毛《まつげ》を上下させた。

「わたし、いやな子じゃ、ない……？」

「きょうだいがいると、どうしても差がついてしまうものだよ。最初に生まれた子は、自分が可愛がられていたことを憶《おぼ》えていなくて、あとで生まれた妹や弟が可愛がられるのを贔屓《ひいき》されていると思ったりするんだ。でも、君は親御さんに可愛がられなかったわけではないだろう？」

兄が問いかけると、ひくっ、と西野は喉《のど》を震わせた。

「そうなのかな……わからないわ。わたし、可愛がられなかったわけじゃないと思いたいけど、でも……妹が生まれてから、お母さんは、わたしより妹ばかりだから……」

西野の双眸《そうぼう》が、潤んでゆらゆらと揺れた。「いつも、いつもそうなの……」

「君が妹さんくらいのころ、もう妹さんはいたのかな」

「うん……参観日のとき、妹が具合悪くて、お母さんが来られなかったり……遠足のお弁当もつくれなくて、自分で作ったりもしたの……」

「そうか。……偉いね。我慢したんだね」

兄が言うと、西野はぽろぽろと涙を流した。その涙が、手にしている小鳥に降り注ぐ。

ちあきは息をのんだ。

西野の涙が落ちると、小鳥がふわっと光ったのだ。その光は西野にも見えたようだ。涙で潤んだ目を大きく瞠《みは》って、彼女は小鳥を見つめた。

手のひらに横たわっていた小鳥が、もぞもぞと動き、やがて、ちゅん、と声を立てた。

「鳥さん……」

西野が呟《つぶや》くと、小鳥はよろよろと起き上がった。それから西野を見上げ、一声、鳴く。

『汝《なれ》のおかげで気がついたの。守ってもらったのも、助かったの』

小鳥が幼い口調で告げるが、西野には気づいていないようだ。

「よかった……気がついたのね」

ただただ安心した顔で、西野は小鳥を見つめている。

『汝の涙が、我に力をくれたの……でも、悲しいの？　我はもう動けるよ。汝は悲しまなくて、いいんだよ』

小鳥が呼びかける。しかし鳴き声を立てているわけではない。

「ごめんね……乱暴にしちゃって……」

『我は汝が望むなら、そばにいたい……』

「びっくりしたよね……ほんとうに、ごめんなさい」

しかし、小鳥の訴えは西野には通じない。西野は涙を流しながら、小鳥に告げた。

ちあきは小鳥と西野を見比べた。一緒にいられるなら、そうさせてあげたいと思ってしまう。しかしそういうわけにもいかないのだ。

「西野さん、その……」

おずおずとちあきが口をひらくと、西野はうなずいた。

「ええ、七尾さん。わかってるわ……」

彼女はちあきを見上げた。その表情は涙に濡れていたが、いつもの西野だった。

「この子は、わたしのチョッちゃんじゃないもの……この子を連れて、どこまでも行きたくても、そんなの、無理だから……」

『汝と一緒に行けたらいいのに』

小鳥は首を動かして、ちあきを見た。『だけど、こうして動けるのは、千代君《ちよぎみ》の血のおかげ……汝と我は繋《つな》がっていない……』

小鳥も残念そうだが、納得しているように見えた。

「あのね、……あなたをうちで飼えたらよかったんだけど、だめなの……」

『そうだね。汝は千代君ではないもの』

「妹が、動物アレルギーだから……あなたを可愛がりたいのに、そばにいると苦しんじゃうの……あなたも妹も、それじゃあかわいそうだもの……」

言葉は通じていないが、会話は成り立っている。見ていてちあきは悲しくなってきた。

西野と小鳥の想いは通じ合っているのに、離れなければならないのだ。

『……妹君想いの姉君なのだな』

小鳥は、ちゅん、と鳴いた。『ならば、しかたないの……』

ちあきはハッとした。小鳥がそのまま逃げてしまうのではないかとも思ったのだ。

『しかし、我にはわかったの。千代君でなくとも、繋がれてしまったからには、……』

小鳥はちょん、と跳ねて、ちあきを見た。『汝のそばにおるしかない』

次の瞬間、ピピッと鳴きながら小鳥は跳び上がった。あっと思ったが、すぐにちあきの肩に着地する。

「……ど、どうすればいい？」

ちあきが尋ねると、兄は、西野の傍らの鳥籠《かご》を取り上げた。

「おいで」

そのあけた入り口を指し示すと、小鳥はちあきの肩の上で、とんとん、と足踏みをした。

『このままがいいが……そうすれば汝は安心するのか』

汝と問いかけているのはちあきのようだ。ちあきはうなずいた。

すると、小鳥はちあきの肩を蹴《け》って飛び、籠の中に自ら入った。

兄がそっと戸を閉める。ちあきはほっと息をついた。

「いい子ね」

西野が顔を拭《ぬぐ》いながら呟く。「とってもお利口さんだわ……きっと、飼い主が可愛がってるのね……」

『飼い主はいない。我は我……おまもりする千代君は、もう、いない』

小鳥はしょんぼりとうなだれている。『千代君の血と繋がってしまったが、これはかりそめのもの……』

「西野さん。おうちまで送るよ」

兄が告げる。いかにも兄が言いそうだったが、これも十九郎なのか。そう考え、ちあきはさまざまな感情で混乱した。西野を気の毒だと思うし、十九郎の兄そのものの振る舞いをうれしく思うし、小鳥は小鳥でかわいそうだ。

「君は叱られるかもしれないけど、お母さんに、思っていることを言ったほうがいいかもしれないよ。……妹なんていなけりゃよかったとか」

「あれは、……」

よろよろ立ち上がると、西野は口もとを手で覆った。「あんなこと、言わなきゃよかった……」

「だったら、お母さんにもそう言ってあげたほうがいいね。……きっとお母さんは、君が大きくなったから、無意識に頼ってしまっているんじゃないかな」

兄は鳥籠を手に歩き出す。すると、西野はよろよろと兄についていった。常葉のそばを通ったが、気づいていないようだ。

「頼って……」

「まだ君が甘えたい盛りの子どもだって、お母さんも忘れているかもしれないよ。言葉が通じて、ききわけがいいと、大人として扱ってしまう……僕には子どもがいないから、わからないけど……」

西野と肩を並べている兄が振り返った。

一瞬、顔が十九郎に見えた。

「うちの妹もききわけがいいから、つい頼っちゃう。でも、僕が大人だから、そういうのは、控えたほうがいいとは思ってるんだ」

兄の本音だろうか。

ちあきには、わからなかった。

西野を送り届けると、母親は泣いて礼を述べた。西野は母親に謝っていたが、母親は、自分も悪かった、と反省の言葉を口にしていた。ちあきはそのやりとりを見て、ほっとした。

「とにかく丸くおさまってよかったな！」

家に帰ると開口一番、十九郎は機嫌よく言った。もうすっかり十九郎だ。

「十九郎……めちゃくちゃお兄ちゃんみたいだった……」

そんな十九郎を見ながらちあきは思わず言った。

「そうか？　まあ、さっきは兄ちゃんはずっと寝てたけどよ、今まで中でいろいろ話したから、だいたいの性格とかわかってきたぜ。苦労性でお人好《よ》し、だろ」

ニヤニヤしながら、十九郎はリビングに入ると、西野から借りた鳥籠をガラステーブルに置いた。その不真面目にも見えるニヤニヤが、実は照れ隠しなのではないかと、なんとなくちあきは思った。

十九郎がほんとうはどんな人物か、ちあきにはまだわからない。だが、兄のふりをしていたとしても、西野を諭した言葉は、十九郎も考えていたことではないだろうかと思えてしまうのだ。だったら、根はとてもまじめで、もしかしたら神経質なのかもしれない。それを隠しているのかもしれない。――考えてちあきは、だいぶん妄想かな、とも思った。そうであってほしい願望とも言えるだろう。十九郎の西野に向けた言葉が適当なでまかせだったら、なんだか悲しいからだ。

「さて、と」

十九郎は何故か、バキボキと指を鳴らす。

「どうするの？」

「こいつが逃げないように、封じ込めておこうと思ってさ」

『やだ！』

それまでおとなしくしていた小鳥は、ばたばたと鳥籠の中で羽ばたいた。

ちあきは思わず手を伸ばすと、鳥籠の戸をあけた。小鳥はすかさず外に飛び出す。

「あっ、おい！」

といっても、リビングの窓も扉も閉めていたので、小鳥は室内を一周すると、所在なげにサイドボードの中段の出っぱっている端にとまった。

『我をどうする』

少年の声が問う。

「ひどいことはしたくないよ」

そっと、ちあきは小鳥に近づいた。小鳥はびくっとしたが、そのちいさな頭を巡らせて、十九郎と常葉とちあきを順繰りに見比べた。

このままでは埒《らち》があかない。ちあきは小鳥に向かって一歩踏み出す。

ぴるっ、と小鳥が鳴き声を立てた。威嚇しているようにも感じられたので、ちあきはそこで止まって、じっと小鳥を見た。そばに来てほしくないのは、もしかしたら怯《おび》えているのかもしれない。犬が吠《ほ》えるのは、怖がって威嚇しているからだと、兄は言った。だから、小柄な犬ほどよく吠え立てる。身を守るためだ。

小鳥は、怖がっているのだ。

「……ねえ」

ちあきはそっと、小鳥に向かって声をかけた。「夢の中で、会ったよね」

小鳥は小首をかしげた。

『……そんな気がする』

少年の声が肯定する。無視されなかったことにちあきはほっとした。小鳥も、この状況をなんとかしたいと思っているのだろう。

「あのとき、あなた、自由になりたい、遠くへ飛んで行きたいって言ってた、……でも、ひとりでは淋《さび》しいとも言ってたよね」

ちあきがさらに問いかけると、小鳥は、ぴょこっと姿勢を正してうなずく。

『うん……仲間がいなくなったら、おもいのほか淋しくて』

拙いながらもなかなかむずかしい言い回しで、小鳥は告げた。『仲間とは、ずっと一緒にいたせいかもしれない……』

「ずっといたの？　あの缶の中に」

『うん』

小鳥はまた、うなずいた。『みんな退屈してた。せっかく、千代君に気に入られたのに、使ってもらえなかったから』

「使うって、どうすればいいの？」

使われれば退屈しなかったのかとか、大叔母《おば》の千代も気に入っていたならこうして神獣と言葉を交わしたりしたのだろうか、など、いろいろと謎めいたが、ちあきは注意深く、ひとつだけ尋ねた。質問責めにしても、小鳥を困らせるだけのような気がしたからだ。今は小鳥に心を開いてもらうことが先決だ。

ありがたいことに、十九郎も常葉も、ちあきが小鳥と話すのを邪魔しなかった。

『ええっと……まず、名前をつけてもらう。そうしたら、危ない目に遭ったとき、呼んでくれれば、参上して、おまもりできるの！』

少年は声を張り上げた。『そう、我々は千代君をおまもりするために勧請《かんじょう》されて、姿を与えられて、札の中に入れられたから！』

小鳥が胸を張ったように見えた。

「ごめんね。……大叔母さん、もう死んじゃったんだ」

小鳥に申しわけない気持ちがして、ちあきは謝った。

『そんな気はしてた！』

小鳥は甲高くさえずった。まるで唄《うた》うようにひとしきり鳴く。泣いているようにも聞こえる悲しげな声だった。

『あんなに元気で威勢がよくて鼻っ柱の強い乙女はそんじょそこらにいなかったのに！ああ、残念！　ざんねん！』

「大叔母さんってそんなひとだったの？」

小鳥の言葉にちあきは驚いた。祖父に、病気で早くに亡くなった妹、と聞いていたので、おしとやかで楚々《そそ》とした印象を持っていたのだが、もしかしたら違うのかもしれない。祖父はいつも、妹の話となると悲しげだったので、どんなひとだったか、何度も訊《き》いてはいけない気がしたのだ。祖父が妹を可愛がっていたことは知っているが、妹、つまり大叔母自身がどんな人物だったかさっぱりわからないことに、ちあきは気づいた。

『うん！　とても元気だった！　汝《なれ》によく似ていた気がする！　気のせいかもしれないが！』

小鳥の言葉に、ちあきは苦笑するしかなかった。自分はそんなに威勢がよくて鼻っ柱が強いだろうか。……そうかもしれない。

『それとも我は汝に繋《つな》がってしまったからそう感じるのかもしれないの！』

小鳥はじっとちあきを見上げた。『……我はもう、汝から遠く離れられないの。繋がってしまったから。自由になりたかったけど……しょせん我々は、ヒトに使ってもらうために練られたものだから……』

「わたしから離れられないなら、鳥籠《かご》に閉じ込めておかなくてもいいんじゃない？　ねえ」

ちあきは十九郎と常葉に向かって問いかける。

「どう思う？」

十九郎では判断できないのか、彼は常葉に問いかけた。常葉は困った顔を十九郎に向ける。

「どうもこうも……確かに、ちあきさんと仮にでも繋がっているから、遠く離れることはできないだろう。だから鳥籠に入れずともいいが……」

「ね、」と、ちあきは小鳥に視線を戻した。「鳥籠には入らなくてもいいから、うちにいるといいよ」

『自由にさせてもらえるなら、ここにいてもいい！』

「でも、……あなたの仲間のほかの子もみんな集めないといけなくて、集まったら十九郎が連れて帰るけど……あっ、お兄ちゃんの魂！」

ちあきが叫ぶと、十九郎が肩をすくめた。

「それは、全部集めてからだな」

「そっか……」

ちあきはまた、小鳥を見つめた。まだ兄は元に戻れないのだ。早く花札をすべて回収しなければ。

『連れて帰るのは、誰なの？』

小鳥は首をかしげた。

「俺」と、十九郎が自分の顔を指さす。「おまえ、そんなに使ってほしいなら、全員従えたらこき使ってやる。それまでは、そいつと一緒にいるのはどうだ？」

『ほんとに使ってくれる？』

こき使ってやると言われても、小鳥は嫌がらない。ちあきには意外に思えたが、小鳥は使ってほしいのだ。考えかたがちがうのだろう。

「ああ。いくらでも使ってやる」

「でも、敬意と感謝でもって報いたほうがいいと思う」

十九郎を見ると、うっ、と喉《のど》を詰まらせた。

『敬意と感謝！　それはすてきなもの！　とてもだいじ！　それだいじ！』

「なるほど……」

ことの成り行きを眺めていた常葉が呟《つぶや》いた。「式神の真髄は心得ているようだな」

「式神の真髄って何？」

大仰な言葉に問うと、常葉は少しばつがわるそうな顔になった。

「いや、……たいしたことではない。あやかしが式神として扱われる場合、自分を役に立ててほしいと望むものなんだ。存在する意味がほしいから。意味がないと不安で心細くなって、消えてしまいそうになる……」

存在する意味、と説明され、ちあきはハッとした。

『そうなの！　我々は、神獣だけど、使われないと意味がないの！』

「十二支が集まったら、きちんと使ってやるさ」

十九郎があしらうように告げた。

小鳥は、ぴるっ、と鳴いた。

『ならばこの家に寄るのもよいが、……しかし、そのものもこの家に寄るの？』

小鳥のまなざしは、常葉に向けられていた。

「常葉さん？　うん……」

ちあきがうなずくと、小鳥は、ぱっ、と跳び上がった。すぐにちあきの肩に降り立つ。

『あのものは邪悪の化身では？』

「えっ」

小鳥の言葉に、ちあきはびっくりした。邪悪の化身、とは。

常葉は困った顔をしている。

「まあ、そう見えるだろうなあ」

めずらしく、常葉でなく十九郎が溜息《ためいき》をついた。

「常葉さんは……邪悪の化身ではないと思うよ」

といっても、自分の知っている範囲でしかないが……と、ちあきは思った。

『あのものは十二支に入れなかったから、我々を疎んでいるの』

「えっ」

小鳥の言葉に、ちあきはびっくりした。

神獣の封じ込められた札は十二枚で、月が干支《えと》と対応しているのは聞いている。そういえば十二支が決まったときの話で、猫が入れなかった物語があったのをちあきは思い出した。

常葉が、うーん、と唸《うな》った。

「……確かに猫は十二支に入れなかったが、それは猫の話だ。俺は猫神だから、猫というわけではないし、十二支のものを疎んだりなどしていない。俺自身、若輩者だから、昔の禍根とは縁遠い」

『ほんとに？』

小鳥が重ねて問う。

「だいじょうぶだよ」

肩にのった小鳥の前に指を差し出す。ちあきの意を悟って、小鳥は、ぴょん、と指にのってきた。しがみつかれるが、痛くはない。近くで見ると、西野が鳥を好きな気持ちがわかる気がした。だが、小鳥はちあきにとっては小さすぎて、取り扱いに気をつけなければ、と思う。ちあきは自分の動作がかなり雑なのを自覚していた。

小鳥はじっとちあきを見つめている。

「常葉さんはちょっと抜けてるけど、わるいひとじゃないよ」

「抜けてる……」

十九郎が声を立てて笑い、常葉が茫然《ぼうぜん》と呟いた。

「そうだな、こいつはこう見えてわりと抜けてるぜ。天然ってやつだな。通じるかわからんけど。だけど、そいつが言うように、悪いやつではないぜ」

『わかった』

小鳥は、十九郎と常葉を見てからちあきを見て、うなずいた。『では、あれはわるくないねこなの』

「猫に見えるの？」

疑問に思ってちあきが尋ねると、小鳥はちいさくうなずいた。

『ねこだとわかる』

猫に見えるわけではないのだなと、ちあきは思った。

『だが、汝が言うなら、あれはわるいものではないの。そのように考える。……ならば我、この家に寄ろう！』

ぴるっ、と小鳥は鳴き声を立てた。

『我は汝に侍《はべ》ろう。――我はほとんどもう、汝のもの。――はんぶんくらいだけど』

「はんぶんくらい……」

ちあきはまばたいた。

『三分の一かも。ご縁の糸が繋《つな》がっている。七尾の家の、兄のいる妹。我々が守るように命じられたのは、そのような身の上の娘御だから』

「起動条件がそれか！」

十九郎が頭を抱えた。常葉が、ニヤッとした。

「十九郎。よかったな」

「何もよくない！」

「何、大殿の言う通りにできそうではないか……」

言いかけて、常葉はハッとした顔になった。

「十九郎のおじいさん、まだ何か言ってるの？」

「いや、その……」

十九郎はまごついた。らしくない態度だ。

「まだ何か言ってないことあるの？　従兄《いとこ》と争ってるだけじゃなくて？」

「決定事項ではないから、言えない。申しわけないが……」

十九郎が口をひらきかけたが、遮るように常葉が先に告げた。なんだか会社員みたいだなあ、とちあきは思った。仕事ではよそで口外できないこともあるのは知っている。守秘義務というのだ。

「わかった。それが決まって、わたしに関係あることなら教えてね」

「ききわけがよくて助かるぜ」と、十九郎が呟く。

『ところで、汝は我をなんと呼んでくれる？』

そんなやりとりが収束したのを見計らったかのように、小鳥が口をひらいた。

「えっ」

ちあきはびっくりして、ふたりから小鳥へと視線を戻す。

『よき名をつけてほしいの』

「名付けの儀式だな……」と、十九郎が呟く。

「名前……つけたらだめなんじゃないの？」

ちあきは困ってしまった。

「神獣と関わりのない人間がつけたら、呪《しゅ》となって縛られるからだが、君ならだいじょうぶだ」

常葉が答える。「それに君は半ば神獣と繋がっている状態……つまり、正式にではないが、宿主だ」

「宿主って何？」

宿ときくとどうしても民宿とか旅館を思い浮かべてしまうが、そういう意味ではないだろうと、ちあきは問う。

「あやかしにとっては、気をもらうための相手だな。君はその小鳥の衣食住の世話をすると考えればいいだろう」

「アパートの家主さんみたいな感じ？」

「それでだいたい合ってる」と、十九郎がうなずいた。「札の神獣はまっさらな状態で千代君に渡されたようだから、名前がないんだろう。おまえがつけるとおまえのものになっちまうが……」

「それって、いいの？」

神獣の花札は、最後には十九郎に返さなければならないのではないか。ちあきは訝《いぶか》った。

「よくはねえけど、宿主との繋がりが薄いと、何かあったときに消えてしまうかもしれないからな。受け渡しはできるはずだし、今は名をつけるほうがいいだろう」

十九郎の説明で、不安や心配は半分くらい拭《ぬぐ》われた。しかしちあきは困り果てた。

「名前とか、つけたことないよ……十九郎は常葉さんの名前をつけたの？」

「初めて会ったのは赤ん坊のときだぞ。最初からこいつは親にもらった名前がついてたって」

「呼びやすい名前でいいと思うが……」

常葉が提案した。「姿や色だと決めやすいだろう。俺は目が緑だから、そこからとって常葉とつけられた」

「なるほど。……なんて呼ばれたい？」

赤ん坊や動物に名前をつけるのとは違う。できれば本人が呼ばれてうれしい名前にしたほうがいいだろう。そう考えてちあきは小鳥に尋ねた。

『なんとでも、汝《なれ》が呼びたいように』

小鳥はあっさりとそう言った。

ちあきはまじまじと小鳥を見た。小鳥は全体的に白い。だが、近くでよく見ると表面がきらきらと光っているように見えた。銀色と言えなくもない。瞳《ひとみ》は空色だ。どちらかから決めようとちあきは考えた。

「えっとね……白いから、ましろ、ってどう？」

単純だろうか。

告げると、一瞬、小鳥が、ぎゅっ、とちあきの指をつよく摑《つか》んだ。

次いで、その感触が消えてしまう。

「えっ……」

感触が消えると同時に、小鳥の姿がぶれた。

ぶれていた小鳥の姿が消え、入れ替わりで、ちあきの傍らに、ふわり、と誰かが着地する。

「ましろ」

その誰かが名乗る。涼やかな少年の声だった。

ちあきはぽかんと口をあけて相手を見つめる。

少年は、小学校高学年ほどに見えた。顔立ちは人形のように整っている。可愛らしいくりくりとした大きな目は空色で、髪はきらきら光る銀色だ。髪は後ろで結わえられているが、さほど長くはない。身に着けているのは着物だったが、常葉と違って前に布が長く垂れ、袖《そで》もかなり余裕があるようだった。

「おかしい？　そんなにへん？」

驚きのあまりちあきが何も言えないでいると、少年は心配そうに問いかけた。

「えっ、……あの、えっと……」

「我は神獣ではあるが、もともと動物というわけではないから、このように姿を変えられる」

少年の声は、小鳥の声とまったく同じだった。「ほんとうだったら、千代君をお守りするために、もっと大きな偉丈夫の姿で現れたかったの。だけど、汝は千代君じゃないから、子どもの姿にしかなれなかった！」

「かりそめの主ならそうだろうなあ」

十九郎がうんうんとうなずいている。

「ど、……どういうことなの？」

ちあきが誰にともなく問うと、常葉が答えた。

「ちあきさん、……神獣に限らないが、あやかしは、仕える人間のそばにいるために、ひとの姿をとる場合がある。俺と同じだな、……その子は、さっきの小鳥だ」

「……わかった」

彼の説明でちあきは納得することにした。どうして、とか、何故、とか、訊《き》いても、たぶん「そうだから、そうなのだ」という答えしか得られないのはなんとなく察しがついたからだ。考えてもしかたがない。

「これでは、お気に召さないか……？」

ちあきの戸惑いに、少年はおずおずと口をひらく。

「えっと、……」

訊かれているのが自分だと気づき、ちあきは急いで少年に向き直った。

「迷惑とかそういうのじゃなくて、びっくりしたんだよ」

ちあきはやや慌てて言いつくろった。

少年の顔が、ぱっと輝く。

「よかった！」

心の底からよろこんでいるようだ。ちあきは内心で困惑しつつも、安心もした。自分より幼く見える子をしょんぼりさせるのはいただけない。西野も妹に対してはこんな気持ちだったかもしれない。

「あの、……ところで、ましろくん。もしかして、ずっとそのまま？」

ましろくん、と呼ぶと、少年はにこにこした。

「その名で呼ばれると心地よい！」

そう叫んでから、首を振った。「これは変化《へんげ》だから、もとに戻れる」

「そっか……」

ちあきは考え込んだ。小鳥を飼うなら小鳥の餌がいるかと思ったが、人間になるなら人間の食事でいいのだろうか。それとも、常葉と同じで食事は必要ないのだろうか。

「ごはん……どうしよう」

考えていたことを口にすると、十九郎は勘違いしたようだった。

「そうだな、腹も減ったし、夕飯にしようぜ」

「よし、何かつくろう」

十九郎の言葉に、常葉がうなずく。ちあきはハッとした。

「待って、常葉さん」

「え」

リビングから出ようとした常葉は、訝しげに足を止めた。「何か……？　その子なら、あやかしだから食事は要らないはずだ、俺と同じで」

「それも知りたかったけど、違う」と、ちあきは首を振る。「夕飯、きょうはわたしがつくる。あしたは十九郎ね。夕食だけ、代わりばんこにしよう」

「俺、料理なんてやったことねえ。学校の調理実習でしか……」

ちあきの提案に、十九郎がきょとんとする。

「だから、やるのよ」

ちあきは力を込めて言った。じっと見ると、十九郎は気圧《けお》されたように一歩下がる。

「なに……怖い顔して」

「常葉さんが甘やかしたから、十九郎はそんなんになっちゃったんだよね。だったら、もう甘やかしすぎるのはだめだよ。自分のことくらい自分でできるようになって。洗濯もするの。いい？　うちにいたいならそれが条件よ」

「いや、おまえ、急に何、言うんだよ……」

十九郎はへどもどした。しかしそれ以上の反論をしないのは、ちあきに説教されたのがよっぽどこたえているのだろう。

「おお、さすがは千代君の姪孫《てっそん》」

ちあきの傍らで、ましろが感心したように呟《つぶや》く。「しっかりしているの」

「でも、きのうは叱りすぎたと思ってる。ごめんなさい」

ましろの反応で恥ずかしくなってきたちあきは、言いながら、十九郎に頭を下げた。

体を起こすと、十九郎は何故か、顔を赤くしている。

「おい……なんで謝るんだ……」

「だって、年上なのに、さすがにきのうは一方的に叱りすぎた気がするから」

ちあきは繰り返した。ますます恥ずかしくなってくる。しかし、自分のしたことで恥ずかしいのだから、しかたがない。自業自得というやつだ。

「いや、……おまえはだいたい正論を言ってたと思うぜ」

十九郎は頭を掻《か》いた。「確かに俺は、今はおまえの兄ちゃんの体に入ってる。だったら、兄ちゃんが困るような言動は慎むべきだと反省したんだ」

「反省！　おまえが！」

常葉が目を丸くした。

ちあきも驚いたが、十九郎が思ったよりちゃらついているわけではないとわかって、ちょっとうれしかった。

一緒に暮らさなければならないなら、おたがい、譲り合って行かなければならないはずだ。ちあきはそう考える。

十九郎も同じように考えてくれるなら、うまくやっていけるのではないだろうか。

「それでもね、面子《メンツ》を潰《つぶ》して悪かったよ」

「面子なんて、中学生の語彙《ごい》じゃないな……」

常葉が呟いた。それは兄のおかげだと、ちあきは思う。

「おまえって妙なやつだな」

十九郎がおかしそうに笑った。「まだがきのくせに、俺みたいなのに物怖《ものお》じせず文句言うし、そのわりに殊勝に頭を下げられるし……大人びてるかと思えば、子どもみたいだし
……あ、これはからかってるんじゃなくて、感心してるんだからな」

ちあきがもぞもぞすると、十九郎は慌てたようにつけくわえた。

「うん、じゃあ、あしたは十九郎が夕飯の当番ね。わたし、着替えたらすぐつくるから！ましろくんは……」

「庭に出ていい？　見てまわりたい」

ましろは告げると、ふわっと小鳥に戻り、ちあきの肩にとまった。

『呼んだら、戻る』

「わかった。気をつけてね」

ちあきはリビングの窓をあけた。

小鳥は、ぴるっと鳴いて、ちあきの肩から庭へと飛び立った。

＊

生意気な中学生の女の子が出ていくと、十九郎は溜息《ためいき》をついた。

「どーすんだよ……」

「どうもこうもない」

常葉は素っ気なく返す。「大殿が言っていただろう。花札を取り戻す。それとは別に、もし七尾の家に女の子がいたら嫁にもらってこい、と」

「あれを俺の嫁に⁈」

「悪くないと思うぞ」

常葉はニヤッとした。綺麗《きれい》な顔立ちの男だが、そうすると凄《すご》みを増す。

「いや、あの子がおまえの嫁になってくれるならありがたい話だ。あれだけ説教をしてくれるんだからな」

「十歳は離れてるじゃないか！」

十九郎は声を潜めつつも抗議した。「兄ちゃんがぐっすり寝てくれててよかったぜ」

「十歳も年下の女の子に正論で言い負かされていたな」

常葉は思い出して、ふふっと笑った。「あれは驚いた。素晴らしかった。――俺は先生を思い出した」

「ああそうだ！　説教されてるとき、どうしても反論できなかったけど、母ちゃんとおんなじ物言いだった！　そっくり！」

十九郎は頭を抱える。

十九郎の母は、術師だ。

強く美しい術師は、言うことをきかないやんちゃな実の息子より、息子の式神となったお目付役の常葉に、自分の使える術をすべて仕込んだ。どうせこの子は何かしら問題を起こすでしょうから助けてあげて、と常葉に告げて。

常葉はその命令を忠実に守っているのだ。

「大殿はよほど千代君に参っていたんだな。どうしても千代君の血と自分の血を混ぜたいと言っていたではないか。それに、おまえの末の従妹《いとこ》どのと、彼女の兄君よりはよほど歳が近いだろう。確か従妹どのは、今年で六つだったはず。彼女の兄君とは二十歳は離れている」

「いや、だとしてもよ……あの子、ちょっとは可愛いけど、あんなに説教されたら身がもたねえよ」

「可愛いならいいじゃないか」

常葉は笑った。「小鳥を指にとまらせて話しかけているさまは、ほんとうに可愛らしかったな」

「おい、常葉」

「なんだ？　我が君」

常葉はふっと息をついて、笑った。「俺はお似合いだと思うぞ。おまえは、気の強い女の子に、しっかり手綱をとってもらったほうがいいはずだ」

「……兄ちゃんに殺されるってえの」

十九郎は呆《あき》れたように呟いた。

＊

自室に戻ったちあきは、部屋着に着替えると、制服にブラシをかけた。

昨夜は思わず説教した十九郎だが、きょうの一件で少しは見直した。頭も回るし、根はやさしいのではないかと思う。

常葉はきれいで、やさしい。どっちも、乙女ゲームに出てきたら、攻略対象だろう。

だが。

「お兄ちゃんの怪我、ちゃんと治ってるのかなあ……」

階下でのふたりの会話など知らぬ今のちあきの心配は、そればかりだった。

木にとまった小鳥の鳴く声が、庭に響き渡った。

この作品はフィクションです。
実在の人物や団体などとは関係ありません。

富士見L文庫

神獣札《しんじゅうふだ》のかりそめ主《ぬし》
十二《じゅうに》のあやかしと猫神《ねこがみ》の契約者《けいやくしゃ》

椎名蓮月《しいなれんげつ》

2020年1月15日　初版発行

発行者　三坂泰二
発　行　株式会社 KADOKAWA
〒102-8177　東京都千代田区富士見2-13-3
電話　0570-002-301（ナビダイヤル）

印刷所　株式会社暁印刷
製本所　株式会社ビルディング・ブックセンター
装丁者　西村弘美

定価はカバーに表示してあります。

ISBN 978-4-04-073507-8 C0193

あやかし双子のお医者さん

著／椎名蓮月　イラスト／新井テル子

**わたしが出会った双子の兄弟は、
あやかしのお医者さんでした。**

肝試しを境に居なくなってしまった弟を捜すため、速水莉莉は不思議な事件を解くという噂を頼ってある雑居ビルへやって来た。彼女を迎えたのは双子の兄弟。不機嫌な兄の桜木晴と、弟の嵐は陽気だけれど幽霊で……!?

【シリーズ既刊】1～6巻

富士見L文庫

後宮妃の管理人

著／しきみ 彰　　イラスト／Izumi

後宮を守る相棒は、美しき（女装）夫——？
商家の娘、後宮の闇に挑む！

勅旨により急遽結婚と後宮仕えが決定した大手商家の娘・優蘭。お相手は年下の右丞相で美丈夫とくれば、嫁き遅れとしては申し訳なさしかない。しかし後宮で待ち受けていた美女が一言——「あなたの夫です」って!?

【シリーズ既刊】 1～2巻

わたしの幸せな結婚

著／顎木 あくみ　イラスト／月岡 月穂

この嫁入りは黄泉への誘いか、奇跡の幸運か――

美世は幼い頃に母を亡くし、継母と義母妹に虐げられて育った。十九になったある日、父に嫁入りを命じられる。相手は冷酷無慈悲と噂の若き軍人、清霞。美世にとって、幸せになれるはずもない縁談だったが……？

【シリーズ既刊】1～2巻

富士見L文庫